METAMORPHOSIS
FRANZ KAFKA

AN EASY READER FOR WELSH LEARNERS
INTERMEDIATE LEVEL

Vocabulary and grammar tips
on every page to open your
path to reading in Welsh

FREE AUDIO TRACKS
Listen to extracts from the book on www.iawn.cymru/listen-gwrando

PUBLISHED BY:
iawn.cymru

Cyhoeddwyd gan iawn.cymru

Mae'r cyfieithiad gwreiddiol hwn wedi'i drwyddedu o dan: CreativeCommons.org, CC BY-NC-ND 4.0
(Mae croeso dyfynnu o'r cynnwys a'i rannu ond rhaid rhoi cydnabyddiaeth, ond ddim defnyddio'r deunydd at ddibenion masnachol.
Gweler: www.creativecommons.org/licenses/by-nc-nd/4.0).

Yn seiliedig ar *Die Verwandlung* gan Franz Kafka, 1915 – sydd bellach yn y parth cyhoeddus

Mae'r holl luniau sydd wedi'u defnyddio yn y llyfr yma yn y parth cyhoeddus

Published by iawn.cymru

This original translation is licenced under: CreativeCommons.org, CC BY-NC-ND 4.0
(You are welcome to quote from and share the content so long as an attribution is given,
however you may not re-use the material for commercial purposes. See www.creativecommons.org/licenses/by-nc-nd/4.0).

Based on *Die Verwandlung* by Franz Kafka, 1915 – now in the public domain

All images used in this book are in the public domain

ISBN: 978-1-5272-8579-8

www.iawn.cymru | 7 Stryd y Capel, Porthaethwy, LL59 5HW

Diolch

For all their help and indispensable advice

Lana Feldmann, Dr. Sarah Pogoda & Prof. Zoë Skoulding,
*School of Languages, Literatures, Linguistics and Media
Bangor University*

Siôn Aled, *Geirdda*
Ioan & Pegi Talfryn, *Popeth Cymraeg*
Sue Walton, *SueProof*
and David Hill

WITH THE SUPPORT OF

NWK-VERLAGSABTEILUNG

The story is told in the **past tense**
You'll see these **–odd** verb endings on every page

deffro – to wake	deffr**odd** – woke
edrych – to look	edrych**odd** – looked
meddwl – to think	meddyl**iodd** – thought
taflu – to throw	tafl**odd** – threw
dweud – to say	dywed**odd** – said

The full pattern of the past tense is

edrych**ais i**	I looked
edrych**aist ti**	you looked
edrych**odd e/o**	he looked
edrych**odd hi**	she looked
edrych**on ni**	we looked
edrych**och chi**	you looked
edrych**on nhw**	they looked

Roedd - *Was*
is also used on every page

roedd yn gorwedd	was lying
doedd dim ffordd	was no way

breuddwyd	dream
deffro	to awake (also *dihuno* in S Wales)
gwely	bed
ei fod	that he
pryf	bug/fly/insect
gorwedd	to lie
cragen	shell
gallu	to be able
crwn	round
coes	leg
rhwng	between
arferol	usual
uwchben	above
wedi'i dorri	cut out *(see page 8)*
cylchgrawn	magazine
boa plu	feather boa
braich	arm
edrych	to look
clywed	to hear
ei wneud	makes him
meddwl	to think
arfer	used to
ochr	side
taflu	to throw
i'w	to his *(see page 8)*
cannoedd	hundreds
llygad (llygaid)	eye (eyes)
teimlo	to feel

Un bore, ar ôl breuddwyd ddrwg, deffrodd Gregor Samsa yn ei wely i ffeindio ei fod wedi newid i mewn i bryf ofnadwy.

Roedd yn gorwedd ar ei gragen galed. Os oedd yn codi ei ben tipyn bach roedd yn gallu gweld ei fol brown crwn ac edrych ar ei holl goesau'n symud rownd yn bathetig.

"Beth sy wedi digwydd imi?"

Doedd hi ddim yn freuddwyd. Roedd yr ystafell yn un normal i bobol a rhwng y waliau arferol. Roedd samplau ffabrig ar y bwrdd – roedd Samsa yn *sales rep*. Uwchben roedd ffoto mewn ffrâm yn hongian. Roedd y ffoto, wedi'i dorri o gylchgrawn, yn dangos merch mewn het ffwr a boa plu yn eistedd gyda mwff dros ei braich.

Edrychodd Gregor trwy'r ffenestr ar y tywydd dwl. Roedd clywed y glaw ar y ffenestr yn ei wneud yn drist. "Iawn, beth am gysgu bach mwy i anghofio'r nonsens yma?" meddyliodd. Ond doedd hi ddim yn bosib. Roedd Gregor yn arfer cysgu ar ei ochr dde ond doedd dim ffordd i droi.

Taflodd ei hun i'w ochr dde, rholiodd yn ôl i'w gefn. Triodd gannoedd o weithiau. Yn cau ei lygaid fel doedd dim rhaid edrych ar y coesau'n mynd rownd a rownd a dim ond stopio pan deimlodd boen.

Gyda to have / with

To keep things easy **gyda** has been used through the book for both *to have* and *with*

In the south
gyda is often shortened to **'da** when speaking -
'da fi *with me / I've got*

In the north
gan is also used for *to have*
and you'll also hear **efo** for *with*
gan changes its endings to -
gen i, gent ti, gynni hi *I've got, you've got, she's got*

Would Conditional tenses

baswn i	I would
baset ti	you would
basai e/o	he would
basai hi	she would
basen ni	we would
basech chi	you would
basen nhw	they would

If / were

taswn i	if I were to
taset ti	if you were to
tasai e/o	if he were to
tasai hi	if she were to
tasen ni	if we were to
tasech chi	if you were to
tasen nhw	if they were to

dewis	to choose
poeni	to worry
i'w	to them *(see page 8)*
dod i'w nabod	get to know them

trwy'r amser	all the time
gwirion	stupid
dylwn i	I should
fy mos	my boss
baswn i	I would
y fan a'r lle	on the spot
basai	it would
cynnal	to support
rhoi'r gorau iddi	give it up
ers talwm	a long time ago

dyled	debt
rhieni	parents
blynedd	years
symud	to move
hwyrach	later
agosach	closer
wedi'i rhoi	had been put
rhaid ei fod wedi	it must have

rhedeg yn wyllt	to run wildly
hyd yn oed	even
dal	to catch (also *still* + *hold*)
ci bach	little dog

ei fod	that he
sâl	ill (also *tost*)
erioed	ever / never
yswriant	insurance
mab	son
diog	lazy

"Oh na!" meddyliodd, "Am job galed dw i wedi'i dewis! Ar y ffordd bob dydd. Mae'r stres yn lot fwy na gweithio mewn swyddfa, yn poeni am amser trenau, bwyd sâl ac yn cyfarfod pobol trwy'r amser ond byth yn dod i'w nabod yn iawn. Uffern!"

"Mae codi'n gynnar trwy'r amser, yn dy wneud di'n wirion," meddyliodd. Mae *sales reps* eraill yn byw yn braf iawn. Yn y bore pan dw i'n gwneud gwaith papur, maen nhw'n dal i eistedd yn cael brecwast. Dylwn i drio hynny gyda fy mos. Baswn i'n cael y sac yn y fan a'r lle. Efallai dyna fasai'r peth gorau imi? Dw i'n trio cynnal fy rhieni neu baswn i wedi rhoi'r gorau iddi ers talwm."

"Iawn, gobeithio pan fydd yr arian gyda fi i dalu dyled fy rhieni yn ôl i'r bos – 5 neu 6 mlynedd efallai – dyna beth dwi'n mynd i wneud. Dyna pryd dwi'n mynd i wneud y newid mawr. Ond am nawr rhaid imi godi, mae'r trên am 5 y bore." Edrychodd ar y cloc yn tician ar ben y cwpwrdd. "Duw!" – meddyliodd – "Roedd hi'n 6.30am ac roedd bysedd y cloc yn symud ymlaen yn gyflym." Na, roedd hi'n hwyrach na 6.30am, roedd hi'n agosach at 6.45am! Roedd yn gallu gweld o'r gwely bod y larwm wedi'i rhoi am 4am ac mae rhaid ei fod wedi canu. "Beth i wneud nawr?"

Roedd y trên nesaf am 7am. Basai rhaid rhedeg yn wyllt a doedd y samplau ffabrig ddim wedi eu pacio eto. Doedd Gregor ddim yn teimlo'n ffres iawn. A hyd yn oed tasai'n dal y trên 7am, basai'r bos yn dal i fod yn anhapus iawn. Mae'n siŵr basai'r Clerc Bach wedi dweud yn barod ei fod yn hwyr. Roedd Clerc Bach y swyddfa yn gi bach i'r bos.

Beth am ddweud ei fod yn sâl? Ond basai hynny'n od iawn – mewn 15 mlynedd doedd Gregor erioed wedi bod yn sâl. Basai'r bos yn dod draw yn syth, gyda doctor y cwmni yswiriant, ac yn dweud wrth ei rieni bod eu mab yn ddiog.

What are **i'w** and **o'i**?

If you're just getting into written Welsh, you will probably notice lots of **i'w**, **o'i** and **i'u** popping up.

When **i** (to), **o** (from) and **a** (and) are next to a pronoun like **ei** (his/her) they are joined together with an apostrophe.

i + y = **i'r**	to the
i + fy = **i'm**	to my
o + ei = **o'i**	from his
i + ei = **i'w**	to his/her/it
i + eu = **i'w**	to their
a + i = **a'i**	and his/her/it

i'w ochr dde	**to his** left side
darn uchaf **o'i** gorff	upper part **of his** body
poen mawr **i'ch** rhieni	big pain **to your** parents
yn ôl **i'w** ystafell	back **to his** room
braf **i'w** chwaer	fine **for his** sister
a'i rieni	**and his** parents
i'w helpu	to help **them**

In Welsh we often put in a pronoun that doesn't appear in English:

beth i**'w** ddweud	what to say about it
	(literally - what to **it** say)
wedi**'i** dorri	cut out
	(literally - had **its** cut)
	See page 24 for more info

heblaw	apart from
teimlo	to feel
cafodd	he/she had
	(past tense of *cael*)
daeth	he/she came
	(past tense of *dod*)
gwichian	screech / squeal
poenus	painful
penderfynu	decide
newid	change
dal yn y tŷ	still at home
beth sy'n bod?	what's the matter?
llais	voice
difrifol	serious
chwaer	sister
gofalus	carefully
cuddio	to hide
sibrwd	to whisper
falch	proud
arferiad	habit
cloi	lock
hyd yn oed	even
cyntaf	first
heb neb	without anyone
poeni	worry
pwysicach	more importantly
aml	often
arwydd	sign
annwyd	a cold

Heblaw am deimlo wedi blino ar ôl cysgu mor hir, roedd Gregor eisiau bwyd yn fawr iawn.

Roedd cnoc nerfus ar y drws. "Gregor," galwodd rhywun – ei fam oedd yno – "Mae'n chwarter i 7." Cafodd Gregor sioc pan glywodd ei lais ei hun yn ateb. O ddwfn tu mewn, daeth gwichian poenus oedd yn anodd ei ddeall. Roedd eisiau dweud popeth ond penderfynodd ddweud dim ond, "Iawn mam, diolch, dw i'n codi nawr."

Roedd Gregor yn siŵr doedd ei fam ddim wedi clywed y newid yn ei lais trwy'r drws. Ond ar ôl y sgwrs fach yma roedd pawb arall yn y teulu yn gwybod bod Gregor dal yn y tŷ.

Yn sydyn, daeth ei dad i gnocio'n galed iawn ar y drws, "Gregor, Gregor," galwodd. "Beth sy'n bod?" ac yna ychydig bach wedyn gyda llais mwy difrifol, "Gregor, Gregor!"

Wrth ddrws yr ochr arall galwodd Greta ei chwaer, yn dawel, "Gregor? Ti'n sâl? Ti angen rhywbeth?"

Atebodd Gregor i'r ddwy ochr. "Dw i'n barod nawr," yn siarad yn ofalus iawn i drio cuddio sŵn od ei lais.

Sibrydodd ei chwaer, "Agor y drws, plîs." Ond doedd Gregor ddim eisiau agor y drws. Roedd Gregor yn falch o'i arferiad gofalus, wedi'i ddysgu trwy fod yn *sales rep*, o gloi pob drws yn ystod y nos, hyd yn oed os oedd gartref.

Yn gyntaf, roedd Gregor eisiau codi'n braf, heb neb yn ei boeni, i wisgo ac yn bwysicach i gael brecwast. Dim ond wedyn roedd yn mynd i feddwl beth i wneud nesaf. Roedd Gregor yn aml yn cael poen bach yn y gwely, efallai achos roedd yn gorwedd yn ddrwg. Roedd y newid

	syrthio	to fall (+ *cwympo* / *disgyn*)
	anodd	hard
	symud	to move

Felly triodd gael y darn isaf o'i gorff allan o'r gwely.
So he tried to get the lower part of his body out of the bed.

	darn	part
	o'i gorff	of his body
	isaf	lower
	mor anodd	so difficult
	taro	to hit
	poen	pain

Ond pan gafodd ei ben allan o'r gwely dechreuodd boeni ei fod yn mynd i syrthio.
But when he got his head out of the bed he started to worry that he was going to fall.

	uchaf	upper
	gofalus	carefully
	cafodd	he got (past tense of *cael*)
	ei fod	that he
	ofni	to fear

	wimpran	whimpering
	dywedodd	said (past tense of *dweud*)
	wrtho'i hun	to himself

	cuddio	to hide
	niwl	mist
	teimlo	to feel
	yn barod	already
	taro	to strike
	dal yn niwlog	still misty

	meddwl	to think
	cyn	before
	mynd i fod	going to be

yn ei lais yn siŵr o fod yn arwydd o annwyd yn dechrau – problem fawr i *sales rep*.

Symudodd Gregor dipyn bach a syrthiodd y cwilt. Ond wedyn roedd hi'n anodd codi. Roedd yr holl goesau bach yn mynd rownd trwy'r amser. Os oedd Gregor eisiau symud un goes – roedd pob coes arall yn dechrau symud hefyd.

Triodd Gregor gael y darn isaf o'i gorff allan o'r gwely. Ond roedd hi'n amhosib gweld y darn isaf o'i gorff. Roedd hi mor anodd symud ac mor araf. Yn y diwedd, triodd daflu ei hun ond tarodd yn galed yn erbyn postyn y gwely. Roedd poen mawr yn y darn isaf o'i gorff – mae'n rhaid bod popeth yn lot fwy sensitif nawr.

Felly triodd gael y darn uchaf o'i gorff allan o'r gwely. Trodd ei ben i'r ochr yn ofalus iawn. Ond pan gafodd ei ben allan o'r gwely dechreuodd boeni ei fod yn mynd i syrthio. Yn ofni symud mwy, penderfynodd fod hi'n well aros ble roedd.

Ond roedd hi mor anodd i fynd yn ôl i ble roedd wedi bod. Yn gorwedd yno yn wimpran yn edrych ar ei holl goesau yn dawnsio rownd yn yr awyr. Dywedodd wrtho'i hun eto doedd hi ddim yn bosibl i aros yn y gwely a'r peth gorau oedd codi.

Triodd Gregor edrych drwy'r ffenestr a meddwl yn glir. Roedd ochr arall y stryd wedi ei chuddio yn niwl y bore a doedd hynny ddim yn ei helpu i deimlo'n hapus. "7 y bore'n barod," meddyliodd pan darodd y gloch. "7 o'r gloch, ac mae dal yn niwlog."

Ond wedyn meddyliodd, "Cyn 7.15am rhaid imi godi o'r gwely'n iawn. Mae'r swyddfa'n mynd i fod ar agor ac maen nhw'n mynd i ofyn ble ydw i."

Bod that

Bod is the verb 'to be' and is also used for 'that'
eg. *Dwi'n meddwl bod* - I think that

fy mod i	that I am
dy fod ti	that you are
ei fod e/o	that he is
ei bod hi	that she is
ein bod ni	that we are
eich bod chi	that you are
eu bod nhw	that they are

Dw i'n siŵr **eich bod chi'n** gwybod
I'm sure that you know

...**fy mod i**'n ddiolchgar
that I'm grateful

These forms are often shortened
fy mod ...*or* **mod i**
dy fod ...*or* **fod ti**
ei bod ...*or* **bod hi** etc..

Dw i'n siŵr **ei fod** yn sâl
I'm sure that he is ill

...gobeithio **bod hi'n** ddim byd
...hope it's not anything

Triodd Gregor feddwl os y peth oedd wedi digwydd iddo heddiw erioed wedi digwydd i'r Prif Glerc hefyd?
Gregor tried to think if the thing that had happened to him today had ever happened to the Chief Clerk as well?

ar yr un pryd	at the same time
cwbl	all
siglo	to rock / shake
tasai pobol	if people would
cryf	strong
morwyn	maid
basai hynny	that would be
cyn hir	before long
canu cloch	to ring a bell
llonydd	to stay still
tawel	quiet
daeth	came (past tense of *dod*)
sŵn traed	sound of feet
cyntaf	first
Prif Glerc	Chief Clerk
pam fod rhaid	why must
gwylltio	to get angry
nerth	strength
clywed	to hear
syrthio	to fall (+ *cwympo / disgyn*)
dywedodd	said
chwith	left
digwydd	to happen
erioed	never at any time
bron	almost
ar y dde	on the right
sibrydodd	whispered (*sibrwd*)

Felly dechreuodd droi ei gorff i gyd allan o'r gwely ar yr un pryd. Pan roedd Gregor hanner ffordd allan o'r gwely – roedd hi fel rhyw fath o gêm – y cwbl roedd rhaid iddo wneud oedd siglo o ochr i ochr. Basai'n syml iawn tasai pobol eraill i helpu, dau berson cryf – ei dad a'r forwyn efallai. Basai hynny'n ddigon.

Roedd Gregor yn mynd i syrthio os oedd yn siglo'n rhy galed. Roedd hi nawr yn 7.10am a basai rhaid iddo benderfynu'n iawn cyn hir.

Canodd cloch drws y fflat. "Rhywun o'r swyddfa," meddyliodd, yn aros yn llonydd iawn, er roedd ei holl goesau bach yn dal yn symud rownd. Roedd popeth yn dawel am funud fach, "Dydan nhw ddim yn agor drws y fflat," meddyliodd Gregor mewn gobaith. Ond wedyn daeth sŵn traed y forwyn yn cerdded at ddrws y fflat ac yn ei agor.

Roedd Gregor yn gwybod ar ôl clywed y geiriau cyntaf pwy oedd yno – y Prif Glerc!

Pam fod rhaid i'r Prif Glerc ddod a dangos i'r teulu bod problem fawr? Dyma Gregor yn gwylltio wrth feddwl am hyn – a rholiodd gyda'i holl nerth allan o'r gwely. Roedd sŵn taro dwl wrth iddo syrthio ar y carped. Roedd cefn Gregor yn fwy elastig nag roedd wedi'i feddwl, roedd yn gobeithio doedd neb wedi clywed.

"Mae rhywbeth wedi syrthio," dywedodd y Prif Glerc yn yr ystafell ochr chwith. Triodd Gregor feddwl os y peth oedd wedi digwydd iddo heddiw erioed wedi digwydd i'r Prif Glerc hefyd? Ond bron fel ateb i'r cwestiwn, clywodd sŵn traed y Prif Glerc yn yr ystafell ochr chwith. O'r ystafell ar y dde sibrydodd ei chwaer, "Gregor mae'r Prif Glerc yma." "Ydy, dw i'n gwybod," meddyliodd Gregor.

... eisiau gwybod pam dwyt ti ddim wedi mynd
i'r gwaith, 'dan ni ddim yn gwybod beth i'w
ddweud
*... wants to know why you have not gone to work,
we don't know what to say*

pam dwyt ti ddim	why you are not
dywedodd	said
i'w	*see page 8*

dweud wrth	say to

dal	still
ddi-stop	non-stop
credu	to believe
cwbl	all/total
amdano	about (*am*)
gyda'r nos	in the evening
astudio	to study
gwaith coed	wood work
bachgen	boy
ystyfnig	stubborn
rhaid bod	must be

Prif and **Pryf?**

Sound similar, just one letter difference.
prif   main, premier (*prifysgol* = university)
pryf   bug, insect (*pryf cop* = spider)

heb	without

rhiad	must
cario ymlaen	carry on

gofyn	to ask
cas	nasty
taro	knock

"Gregor," dywedodd ei dad – nawr yn yr ystafell chwith hefyd. "Mae'r Prif Glerc wedi dod yma ac eisiau gwybod pam dwyt ti ddim wedi mynd i'r gwaith, 'dan ni ddim yn gwybod beth i'w ddweud."

Wedyn dywedodd y Prif Glerc, "Bore da Mr Samsa."

"Dydy Gregor ddim yn dda," dywedodd ei fam wrth y Prif Glerc.

Roedd Mr Samsa yn dal i siarad yn ddi-stop trwy'r drws. "Dydy Gregor ddim yn dda, plîs credwch ni, dyna pam mae Gregor wedi colli'r trên! Y cwbl mae'n meddwl amdano ydy'r busnes. Dydy Gregor byth yn mynd allan gyda'r nos. Mae Gregor jest yn eistedd gyda ni yn y gegin yn darllen y papur neu astudio amser y trenau. Ei syniad o hwyl ydy gwneud gwaith coed. Mae Gregor wedi gwneud ffrâm fach, er enghraifft, mae'r ffrâm yn lyfli. Ond mae'n dda eich bod chi yma, 'dan ni ddim wedi cael Gregor i agor y drws. Mae'r bachgen mor ystyfnig – dw i'n siŵr ei fod yn sâl – dywedodd ei fod yn iawn bore 'ma, ond rhaid bod Gregor yn sâl."

"Dw i'n dod mewn munud fach," dywedodd Gregor yn araf ond heb symud.

"Mae'n siŵr eich bod chi'n iawn Mrs Samsa," dywedodd y Prif Glerc. "Dw i'n gobeithio bod hi'n ddim byd mawr. Ond mae rhaid dweud, os 'dan ni pobol fusnes yn mynd yn sâl mae rhaid cario ymlaen."

"Ydy'r Prif Glerc yn gallu dod i mewn nawr?" gofynnodd ei dad yn gas yn taro ar y drws eto.

"Nac ydy," dywedodd Gregor.

Yn yr ystafell i'r chwith dechreuodd ei chwaer grio.

lleill	others
gwisgo	to get dressed
tasai hynny	if that woud
digwydd	happen
basai	would
i'w rhieni	to his parents
fel 'na	like that
dal yno	still there
gadael i lawr	let down

'Dach chi'n cau eich hun yn eich ystafell
You shut yourself in your room

ei lais	his voice
gyda llaw	by the way
methu	to fail
	(also *ffili* in S Wales)
gyda'ch	with your
call	sensible
awgrymu	to suggest
cyflogwr	employer
bron â	almost
ystyfnigrwydd	stubbornness
dweud hyn i gyd	tell all this
wrthoch	to you (*wrth* + *chi*)
dylai	should
cael clwyed	be allowed to hear
annerbyniol	unacceptable

Y bore 'ma, awgrymodd eich cyflogwr pam 'dach chi ddim wedi dod i'r gwaith – achos arian mae'r busnes wedi'i roi ichi – ond wnes i bron â rhoi fy ngair dim dyna'r rheswm.
This morning, your employer suggested why you haven't come to work – because of the money that the business has given you – but I as good as gave my word that wasn't the reason.

gan anghofio	forgetting
mor hawdd	so easily
fasech chi ddim	you would not

'sneb erioed wedi dweud gair wrtha i am y pethau hynny
no one has ever said a word to me about those things

wnes i gael	I got / I did have
'sneb	nobody
	(from *does 'na neb*)
wnes i ddim	I did not
wrtha i	to me
hynny	those
dw i newydd	I have recently/just
eu (h)ennill	won them

Felly pam doedd ei chwaer ddim gyda'r lleill? meddyliodd Gregor. Efallai bod hi dim ond newydd godi a ddim wedi gwisgo eto? Pam oedd hi'n crio? Achos bod y Prif Glerc yma ac yn anhapus? Achos ei fod mewn perygl o golli ei job a tasai hynny'n digwydd basai'r bos yn gofyn i'w rhieni dalu eu dyled yn ôl? Doedd dim eisiau poeni am bethau fel 'na eto. Roedd Gregor yn dal yno a ddim am adael y teulu i lawr.

Cododd y Prif Glerc ei lais "Mr Samsa," dywedodd, "Beth sy'n bod? 'Dach chi'n cau eich hun yn eich ystafell. 'Dach chi'n achosi poen mawr i'ch rhieni a – gyda llaw – yn methu gyda'ch gwaith busnes mewn ffordd ofnadwy. Roeddwn yn meddwl eich bod chi'n berson call! Y bore 'ma, awgrymodd eich cyflogwr pam 'dach chi ddim wedi dod i'r gwaith – achos arian mae'r busnes wedi'i roi ichi – ond wnes i bron â rhoi fy ngair dim dyna'r rheswm. Ond nawr dw i'n gweld eich ystyfnigrwydd chi. Dydy eich lle gyda'r cwmni ddim yn saff. Roeddwn wedi meddwl dweud hyn i gyd wrthoch chi yn breifat, ond nawr dw i'n meddwl ddylai eich rhieni gael clywed hefyd. Mae eich gwaith wedi bod yn annerbyniol Mr Samsa."

"Ond Syr," galwodd Gregor, gan anghofio popeth arall, "Dw i'n mynd i agor nawr, jest munud bach. Dw i'n dipyn bach yn sâl, a dw i ddim yn gallu codi o'r gwely. Dw i'n dal yn y gwely. Dw i'n reit ffres eto nawr. Dw i jest yn codi o'r gwely. Un funud fach. Dydy hi ddim mor hawdd. Dw i'n iawn nawr. Fasech chi ddim yn credu beth sy'n gallu digwydd i rywun yn sydyn!"

"Roeddwn i'n reit dda neithiwr. Wnes i gael symptom bach neithiwr. Dw i ddim yn gwybod pam wnes i ddim dweud wrthoch chi yn y gwaith! Dydy'r pethau 'dach chi'n eu dweud ddim yn wir – 'sneb erioed wedi dweud gair wrtha i am y pethau hynny. Efallai eich bod chi ddim wedi gweld y contractau dw i newydd eu hennill? Dw i'n mynd i gael y trên am 8."

heb wybod beth roedd yn **ei** ddweud	heb — without
without knowing what he was saying	codi ei hun — lift himself
*(literally: what he was **of it** saying)*	i fyny — up (+ *lan* in S Wales)
	ar ôl ei weld — after seeing him

	tro — time/turn
	iddo — for him
	dringo — to climb
	llithro — to slide
	cais — attempt
Wnaethoch chi ddeall gair?	llwyddo — to succeed
Did you understand a (single) word?	gan bwyso — leaning (*pwyso* to lean + to weigh)

	mynd am — go to fetch
	brysia! — hurry!
	sgrech — scream

	llais anifail — animal voice

	saer clo — locksmith
Felly doedden nhw ddim yn gallu deall ei eiriau nawr, er iddyn nhw swnio'n ddigon clir i Gregor	
So they couldn't understand his words now, although they sound clear enough to Gregor	er iddyn nhw rhywbeth yn bod barod — although they something the matter ready

yn dal ei hun gyda'r glud ar ddiwedd ei goesau	gwthio — to push
	dal — hold
holding himself with the glue on the end of his feet	glud — glue
	trio troi — trying to turn
	allwedd — key (+ *goriad* in N Wales)

Roedd geiriau yn dod o geg Gregor, heb wybod beth roedd yn ei ddweud. Symudodd at y cwpwrdd i godi ar ei ochr. Dechreuodd godi ei hun i fyny. Roedd eisiau agor y drws i roi siawns i bawb ei weld, ac i siarad gyda'r Prif Glerc. Hefyd roedd eisiau gweld beth roedden nhw'n mynd i ddweud ar ôl ei weld. Gyda bach o lwc byddai'n gallu cael trên 8am.

Y tro cyntaf iddo drio dringo i fyny'r cwpwrdd, llithrodd i lawr eto. Ond gydag un cais mawr arall llwyddodd i sefyll i fyny gan bwyso ar gadair gyda'i goesau. Roedd y darn isaf o'i gorff mewn poen, ond doedd dim ots.

"Wnaethoch chi ddeall gair?" gofynnodd y Prif Glerc i'w rheini.

"O Dduw!" criodd ei fam, "Efallai bod Gregor yn sâl iawn? – Greta! Greta!"

"Mam?" galwodd y chwaer o'r ystafell ochr arall.

"Rhaid iti fynd am y doctor. Mae Gregor yn sâl! Brysia! Y doctor! Glywest ti sut siaradodd Gregor jest nawr?" sgrechiodd ei fam.

"Roedd yn llais anifail," dywedodd y Prif Glerc yn dawel.

"Ann! Ann!" galwodd Mr Samsa, "Rhaid cael saer clo yma nawr!"

Felly doedden nhw ddim yn gallu deall ei eiriau nawr, er iddyn nhw swnio'n ddigon clir i Gregor. Ond roedd y teulu a'r Prif Glerc yn gwybod bod rhywbeth yn bod, ac yn barod i helpu.

Gwthiodd Gregor ei hun at y drws gyda help y gadair. Taflodd ei hun ar y drws, yn dal ei hun gyda'r glud ar ddiwedd ei goesau. Arhosodd yno am dipyn bach cyn trio troi'r allwedd gyda'i geg.

dannedd	teeth (*dant* = tooth)
cryf	strong

clo	lock
wrth iddo	as he
angen	need

symud yn ôl	move backwards

Ond yn rhoi ei law dros ei lygaid dechreuodd grio,
ei gorff cryf i gyd yn crynu.
*but putting his hand over his eyes, started to cry,
his strong body all shaking.*

arno	upon him
pobman	everywhere
gan rhoi ei law	putting his hand
dros ei lygaid	over his eyes
corff cryf	stong body
crynu	to tremble

Fel hyn dim ond hanner ei gorff a'i ben oedd i'w weld.
*Like this only half of his body and head were to be seen
(to have its seeing).*

pwyso	to lean / to weigh
fel hyn	like that
a'i	and his
i'w weld	to be seen

adeilad	building
er bod	even though

dal	still
pryd	meal
pwysicaf	most important
arfer	usually

Ond doedd gyda Gregor ddim dannedd iawn – felly sut i droi'r allwedd? Ond roedd mandibl cryf iawn. Dechreuodd droi'r allwedd gyda'r mandibl ac roedd rhyw fath o stwff brown yn dripian o'i geg i'r llawr.

"Gwrandwch," dywedodd y Prif Glerc yn yr ystafell nesaf, "Mae Gregor yn troi'r allwedd."

Dyma sŵn 'clec' o'r clo wrth iddo agor o'r diwedd, "Ha, doedd dim angen saer clo," meddyliodd. Wedyn pwysodd ei ben ar yr handlen i agor y drws yn iawn.

Roedd y Prif Glerc yn gallu gweld Gregor – rhoddodd ei law dros ei geg a dechreuodd symud yn ôl – yn dweud, "OOhhhh!"

Edrychodd mam Gregor arno. Syrthiodd i'r llawr, wedi pasio allan, ei sgert dros bobman.

Roedd ei dad yn edrych fel tasai eisiau cicio Gregor yn ôl i'w ystafell. Ond gan roi ei law dros ei lygaid dechreuodd grio, ei gorff cryf i gyd yn crynu.

Wnaeth Gregor ddim mynd i mewn i'r ystafell. Pwysodd ar ochr y drws. Fel hyn dim ond hanner ei gorff a'i ben oedd i'w weld.

Roedd Gregor yn gallu gweld yn iawn yr adeilad mawr du ar ochr arall y stryd er bod hi'n dal yn bwrw glaw.

Roedd y platiau brecwast yn dal ar y bwrdd. I Mr Samsa brecwast oedd y pryd pwysicaf ac roedd yn arfer cymryd oriau yn cael brecwast ac yn darllen y papurau newydd. Ar y wal roedd ffoto o Gregor pan oedd yn

		byddin	army
		balch	proud
yn gwybod yn iawn ei fod yr unig berson i gadw'n gall		parchus	respectable
knowing that he was the only person remaining sensible		grisiau	stairs
		call	sensible
		dweud wrth	tell to
		ystyfnig	stubbon
		fy mod i'n	that I am
		diolchgar	grateful
		yn syth	straight / at once
		crynu	to shake
		heb gymryd	without taking
		oddi ar	away from
		basai	would *(see pg 6)*
		dyfodol	future
		a'i deulu	and his family
		dibynnu	to depend
		arno	upon it/him
		call	sensible
		tawelu	to quieten / to calm
Anghofiodd Gregor ei bod hi'n anodd		anghofio	to forget
symud a doedden nhw ddim yn deall ei lais		tuag at	towards
Gregor forgot that it was hard to move and		gafael yn	to hold on
that they didn't understand his voice		ym manister	on (the) banister
		grisiau	stairs
		neidio	to jump
		wrth iddi	as she

lieutenant yn y fyddin yn edrych yn falch ac yn barchus. Roedd drws ffrynt y fflat ar agor hefyd ac roedd Gregor yn gallu gweld y grisiau.

"Nawr!" – dywedodd Gregor, yn gwybod yn iawn ei fod yr unig berson i gadw'n gall, "Dw i'n mynd i wisgo, pacio fy samplau ac yn mynd i'r gwaith."

Dywedodd wrth y Prif Glerc, "Dw i ddim yn ystyfnig a dw i eisiau gwneud fy job. Mae bod yn *sales rep* yn waith caled. Dw i'n siŵr eich bod chi'n gwybod fy mod i'n ddiolchgar iawn i'r cwmni a hefyd mae rhaid imi edrych ar ôl fy rheini a fy chwaer. Plîs peidiwch â gwneud pethau'n anodd imi. Dw i'n gwybod does neb yn hoffi'r *reps*. Maen nhw'n meddwl ein bod ni'n ennill arian mawr ac yn cael amser hawdd. Ond chi, Syr, dach chi'n gwybod yn well. Plîs Syr!"

Ond yn syth wrth i Gregor ddechrau siarad, symudodd y Prif Glerc yn araf yn ôl at y drws – yn crynu a heb gymryd ei lygaid oddi ar Gregor.

Roedd Gregor yn gwybod ei bod hi allan o'r cwestiwn i'r Prif Glerc fynd. Basai'n rhoi ei job gyda'r cwmni mewn perygl. Roedd rhaid perswadio'r Prif Glerc. Roedd dyfodol Gregor a'i deulu i gyd yn dibynnu arno.

Ond ble oedd ei chwaer? Roedd hi'n gall. Roedd y Prif Glerc yn hoffi merched, basai hi'n gallu ei berswadio. Basai hi'n gallu cau'r drws ffrynt a'i dawelu. Ond doedd ei chwaer ddim yno. Basai rhaid i Gregor wneud y job ei hun. Anghofiodd Gregor ei bod hi'n anodd symud a doedden nhw ddim yn deall ei lais – triodd Gregor fynd tuag at y Prif Glerc – oedd yn gafael ym manister y grisiau.

Neidiodd ei fam i'r awyr yn crio, "Help! Help!" wrth iddi symud yn ôl roedd hi wedi anghofio bod y bwrdd tu ôl iddi gyda'r pethau brecwast

arno	upon
heb weld	without seeing
aeth	went
	(past tense of *mynd*)
rhedeg	to run
ei gyrraedd	reach him
diflannu	to disappear
gan sgrechian	screaming
diflaniad	disappearance
ffon	stick (but note *ffôn* = phone!)
defnyddio	to use
i'w	to his

Cododd y ffon roedd y Prif Glerc wedi'**i** gadael gyda'i gôt a'i het
He lifted the stick the Chief Clerk had left with his had and his coat

er y	despite the
awyr iach	fresh air
daeth	came
	(past tense of *dod*)
gwynt	wind
gan chwythu	blowing
hisian	to hiss
dyn gwyllt	wild man

Having its adding

In Welsh an extra prounoun (like *its, his, her* or *their*) that doesn't appear in English is often added

Cafodd y drws **ei** gau
*The door had **its** shutting*

llinell syth	straight line
cymryd y risg	take the risk
wnaeth	did (from *gwneud*)
heb	without

...doedd y llaeth a'r bara ddim wedi cael **eu** bwyta
*...that the milk and bread had not had **their** eating*

...y ffon roedd wedi'i gadael
*...the stick that had **its** leaving*

ei hun	himself

i gyd arno. Eisteddodd ar y bwrdd heb weld ei bod hi wedi taro'r pot coffi – aeth y coffi dros y carped.

Ond doedd dim amser gyda Gregor i feddwl am ei fam nawr, roedd y Prif Glerc yn mynd lawr y grisiau. Rhedodd Gregor i drio'i gyrraedd ond diflannodd y Prif Glerc gan sgrechian. *AT THE SAME TIME AS*

Yn anffodus, roedd diflaniad y Prif Glerc yn ddigon i roi Mr Samsa mewn panig hefyd. Cododd y Prif Glerc y ffon roedd wedi'i gadael gyda'i gôt a'i het, a defnyddiodd hi i yrru Gregor yn ôl i'w ystafell, gan stampio ei droed heb wrando ar bledio Gregor.

Ar ochr arall yr ystafell, er y tywydd oer, roedd mam Gregor wedi agor ffenestr i gael awyr iach. Daeth gwynt mawr o'r stryd i'r fflat, gan chwythu'r papurau o'r bwrdd i'r llawr.

Roedd Mr Samsa yn gwneud sŵn hisian fel dyn gwyllt i yrru Gregor yn ôl i'w ystafell. Doedd Gregor ddim wedi cael cyfle i ymarfer mynd yn ôl, ac roedd ond yn gallu mynd yn araf iawn.

Doedd dim ffordd i Gregor symud yn ôl mewn llinell syth, roedd rhaid cymryd y risg o droi rownd yn araf. Gyda lwc, defnyddiodd Mr Samsa y ffon dim ond i bwyntio ble i droi. Yn nesaf wnaeth Gregor droi rownd yn iawn. Roedd ei ben yn ei ystafell ond roedd ei gorff yn rhy fawr i fynd trwy'r drws heb broblem.

Yn dal i wneud y sŵn hisian mawr, triodd ei dad yn fwy caled i yrru Gregor yn ôl.

Taflodd Gregor ei hun trwy'r drws.

ar ongl	at an angle
gan adael	leaving
arni	upon it
sownd	stuck
gwthio	to push
gan anfon	sending (also *gyrru* / and in S Wales - *hala*)
hedfan	to fly
ar ei ôl	after him
o'r diwedd	at last

Cododd un ochr ei gorff ar ongl yn erbyn ffrâm y drws gan adael marciau brown ofnadwy arni. Roedd Gregor yn sownd, yn methu symud, yr holl goesau bach ar un ochr yn mynd rownd yn yr awyr. Y peth nesaf, gwthiodd ei dad yn galed iawn gan anfon Gregor yn hedfan i mewn i'r ystafell.

Roedd sŵn y drws yn cau ar ei ôl.

O'r diwedd, roedd hi'n dawel.

			cwsg fel coma	sleep like a coma
			tan iddi	until it
			dechrau nosi	started getting dark
Hun self			iddo gael ei ddeffro	that he was awoken
fy hun	myself		cael ei gau	being shut
dy hun	yourself		yn ofalus	carefully
ei hun	his/herself			
ein hunain	ourselves			
eich hunain	yourselves		tywyll	dark
eu hunain	theirselves/themselves		llusgodd ei hun	dragged himself
			defnyddiol	useful
ar ben fy hun	on my own/by myself		cloff	lame
ar ben dy hun	on you own/by yourself			
			llaeth	milk
				(also *llefrith* in N Wales)
			darn	piece
			bron iddo	he almost
			chwerthin	to laugh
			siom	disappointment
			mai hi oedd	that it was her
			i ffwrdd	away
				(also *bant* in S Wales)
roedd angen bwyd arno yn fawr iawn				
he really needed food			am fywyd tawel	what a quiet life
(literally = there was a very big food need on him)			wrtho'i hun	to himself
			tywyllwch	darkness
			falch	proud
			i'w	for his
			a'i	and his

2

Ddeffrodd Gregor ddim o gwsg fel coma tan iddi ddechrau nosi. Roedd Gregor yn meddwl iddo gael ei ddeffro gyda sŵn traed a drws yr ystafell yn cael ei gau yn ofalus.

Roedd golau o'r stryd yn dod i mewn i'r ystafell. Ond i lawr ble roedd Gregor, roedd hi'n dywyll. Llusgodd ei hun at y drws yn teimlo ble i fynd gyda'i antena. Roedd yr antena yn dechrau dod yn ddefnyddiol iawn. Roedd ei goesau ochr chwith i gyd yn boenus ac yn gloff.

Ffeindiodd Gregor rywbeth i fwyta wrth y drws. Roedd plât bach gyda llaeth a darnau bach o fara yno. Roedd Gregor mor hapus bron iddo chwerthin, roedd angen bwyd arno yn fawr iawn. Rhoddodd ei ben yn y llaeth. Ond tynnodd yn ôl eto gyda siom – doedd y llaeth ddim yn blasu'n dda. Roedd Gregor yn arfer hoffi llaeth ac roedd ei chwaer yn gwybod hynny, mae'n siŵr mai hi oedd wedi gadael y plât. Ond trodd Gregor i ffwrdd a llusgodd ei hun yn ôl i ganol yr ystafell.

Trwy grac y drws roedd Gregor yn gweld bod golau yn yr ystafell ffrynt. Ond nawr roedd popeth yn dawel. Mae'n rhaid bod rhywun yn y fflat? "Am fywyd tawel mae'r teulu'n byw," dywedodd Gregor wrtho'i hun, ac wrth edrych i'r tywyllwch, roedd yn teimlo'n falch ei fod yn gallu talu am fflat mor braf i'w chwaer a'i rieni.

Franz Kafka

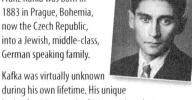

Franz Kafka was born in 1883 in Prague, Bohemia, now the Czech Republic, into a Jewish, middle-class, German speaking family.

Kafka was virtually unknown during his own lifetime. His unique body of writing, much of it incomplete, has since become considered amongst the most influential in Western literature.

The adjective "Kafkaesque" has come into common use to denote mundane yet absurd and surreal circumstances of the kind commonly found in Kafka's work.

His most famous pieces of writing include this short story *'Die Verwandlung' ('The Metamorphosis')*, first published in 1915. However much of his other works were only published after his death.

Franz Kafka died of tuberculosis in 1924 at the age of 40.

os ydy	what if
amdano	about it
llusgodd ei hun	drag himself (crawl)
cafodd ei gau	was shut (*had its shutting*)
fel petai	as if
gan obeithio	hoping
dod â	bring
daeth	came (past tense of *dod*)
er i	despite
rhaid iddo	he must
anghyffyrddus	uncomfortable
cuddio	to hide
wnaeth hi ddim	she did not
rhedeg	to run
gan gau	closing
trist	sad
tasai	as if she were
heb gael eu bwyta	were not eaten (*without having their eating*)
glwt	rag
a'i daflu	and throw it
i'w gymryd allan	to take it out
bendigedig	wonderful
chwarae teg iddi!	fair play to her!
daeth	came (past tense of *dod*)

Ond beth nawr, os ydy bywyd braf y teulu yn gorffen mewn ffordd ofnadwy? Roedd hynny'n rhywbeth doedd Gregor ddim eisiau meddwl gormod amdano, felly llusgodd ei hun rownd yr ystafell.

Yn ystod y noson hir, agorodd drws yr ystafell ar un ochr dipyn bach – ond wedyn cafodd ei gau eto. Wedyn yr un peth gyda'r drws ar yr ochr arall fel petai rhywun eisiau dod i mewn i'r ystafell, ond yn newid ei feddwl. Symudodd Gregor at y drws i ffeindio allan pwy oedd wedi trio agor y drws, gan obeithio dod â'r person nerfus i mewn i'r ystafell. Ond ddaeth neb i agor drws eto – er i Gregor aros am hir.

Roedd bod yn ei ystafell fawr, ble roedd rhaid iddo aros, yn gwneud iddo deimlo'n anghyffyrddus. Cuddiodd o dan y soffa fach yn y gornel ac roedd yn teimlo'n well.

Cysgodd y nos o dan y soffa. Pan ddeffrodd roedd eisiau bwyd yn fawr. *really wanted food*

Y peth cyntaf yn y bore, agorodd ei chwaer y drws ac edrychodd i mewn yn nerfus. Wnaeth hi ddim ei weld i ddechrau, ond pan welodd pen Gregor yn edrych allan o dan y soffa rhedodd allan o'r ystafell mewn panig, gan gau'r drws yn galed.

Ychydig bach wedyn, yn edrych yn drist, agorodd hi'r drws eto a dod i mewn yn araf iawn, fel tasai hi'n dod i weld rhywun sâl. Roedd Gregor eisiau rhedeg at ei chwaer a gofyn am fwyd. Gwelodd hi fod y llaeth a'r bara heb gael eu bwyta. Cododd hi'r plât – dim yn ei llaw ond gyda hen glwt – a'i daflu i fwced i'w gymryd allan.

Roedd Gregor eisiau gwybod beth oedd hi'n mynd i ddod yn ei le, yn meddwl am bob math o bosibiliadau bendigedig. Chwarae teg iddi! Meddyliodd Gregor pan ddaeth hi yn ôl i mewn gyda dewis o bethau.

llysiau	vegetables
pydru	to rot
esgyrn	bones
powlen	bowl

arogl	smell

Gwyliodd hi'n cymryd y papur newydd a'r bwyd heb ei fwyta a brwsio rownd y platiau gyda brws mawr
He watched her taking out the newspaper and the un-eaten food and brushing round the plates with a big brush

heb ei fwyta	uneaten

cafodd	had (past tense of *cael*)

neb	no one
dim hyd yn oed	not even
mwy aml	more often

er	even
neb	nobody
llusgo'i hun	drag himself

Ar ddarn o bapur newydd roedd hen lysiau wedi pydru, esgyrn o swper gyda saws gwyn oedd wedi mynd yn galed, ychydig o gaws caled doedd Gregor ddim eisiau ei fwyta cwpl o ddyddiau yn ôl a darnau o fara gyda menyn a halen. Hefyd rhoddodd hi ddŵr mewn powlen cyn mynd allan eto.

Dechreuodd coesau bach Gregor ddawnsio wrth feddwl am y bwyd. Doedd ei ochr ddim yn brifo – a doedd dim problem symud. Bwytodd y caws yn gyflym – roedd yr hen gaws yn braf iawn. Wedyn y llysiau a'r saws. Ond symudodd y bwyd arall o'r ffordd, doedd yr esgyrn na'r bara ddim yn apelio o gwbl ac roedd yr arogl yn ofnadwy iddo.

Am amser hir ar ôl gorffen y bwyd cysgodd ger y darn o bapur newydd. Pan glywodd sŵn ei chwaer yn dod i mewn trwy'r drws rhedodd yn ôl mewn sioc o dan y soffa. Gwyliodd hi'n cymryd y papur newydd a'r bwyd heb ei fwyta a brwsio rownd y platiau gyda brws mawr – ac wedyn yn gadael yr ystafell eto yn nerfus – cyn i Gregor ddod allan eto o dan y soffa.

Dyma sut cafodd Gregor ei fwyd bob dydd.

Doedd neb yn gallu deall beth roedd Gregor yn ei ddweud – neb – ddim hyd yn oed ei chwaer. Dim ond ar ôl iddi ddod i arfer tipyn bach roedd hi weithiau'n dweud rhywbeth neis, ond ddim yn dweud ei enw. "Wedi hoffi ei ginio heddiw." Neu os oedd Gregor wedi gadael bwyd – rhywbeth oedd yn digwydd yn fwy aml – roedd hi'n dweud yn drist "Oh! Wedi gadael popeth eto."

Er doedd neb yn siarad gyda Gregor, roedd yn gallu clywed yn berffaith ei fam, ei dad a'i chwaer yn siarad yn yr ystafell nesaf. Pan oedd rhywun yn siarad roedd yn llusgo'i hun yn sydyn i'r drws i wrando.

ar eu pen eu hunain	on their own
gwag	empty

Ar y diwrnod cyntaf roedd y forwyn wedi pledio ar fam Gregor i gael gadael. Yn crio, dwedodd diolch yn fawr a gadawodd yn sydyn – gan addo peidio dweud wrth neb am beth oedd wedi digwydd.
On the first day the maid pleaded to Gregor's mother to leave. Crying, she said thanks to his mother and left at once – promising not to tell anyone about what had happened

morwyn	maid
pledio	to plead
gael gadael	allow to leave
gan addo	promising
hyd yn oed	even
aeth	went
	(past tense of mynd)

methiant	failure
trasiedi	tragedy
stad	state
i'w roi	give to them
arfer	to get used to
dangos	show

Roedden nhw'n hapus iawn i weld Gregor yn rhoi ei arian comisiwn ar y bwrdd a'i gymryd – ac roedd Gregor yn hapus iawn i'w roi
They were happy to see Gregor put his commission money on the table and to take it – and Gregor was happy to give it

cynllun	plan
heb ddweud wrth neb	without telling to anyone
	(*neb* = no one)
anfon	to send (also *gyrru* and in S Wales – *hala*)

Fel arfer roedd y siarad rownd y bwrdd am beth i wneud nawr. Doedd neb eisiau bod yn y fflat ar eu pen eu hunain gyda Gregor, ond roedd hi allan o'r cwestiwn i adael y fflat yn wag.

Ar y diwrnod cyntaf roedd y forwyn wedi pledio ar fam Gregor i gael gadael. Yn crio, dwedodd diolch yn fawr a gadawodd yn sydyn – gan addo peidio dweud wrth neb am beth oedd wedi digwydd.

Hyd yn oed cyn diwedd y diwrnod cyntaf, roedd ei dad wedi dechrau siarad gyda mam Gregor a'i chwaer am arian y teulu. Cymerodd bapurau o'r bocs arian roedd wedi'i gadw o'i gwmni pan aeth allan o fusnes bum mlynedd yn ôl.

Clywodd Gregor y newyddion da cyntaf roedd wedi ei glywed ers ei newid mawr.

Roedd yn meddwl doedd dim arian o fusnes ei dad ar ôl. Doedd ei dad ddim wedi siarad am unrhyw arian arall. Roedd methiant y cwmni'n drasiedi i'r teulu, roedd pawb wedi bod mewn stad mor ofnadwy. Felly dechreuodd Gregor weithio fel *sales rep* i'w helpu nhw. Gweithiodd yn galed iawn ac ar ôl tipyn enillodd ddigon o arian i dalu costau'r teulu i gyd. Roedden nhw'n hapus iawn i weld Gregor yn rhoi ei arian comisiwn ar y bwrdd a'i gymryd – ac roedd Gregor yn hapus iawn i'w roi. Ond ar ôl tipyn roedden nhw wedi arfer cael ei arian a doedden nhw ddim yn dangos llawer o ddiolch.

Doedd Gregor ond yn agos at ei chwaer. Roedd hi'n hoffi miwsig ac roedd hi'n chwarae'r fiolin yn dda, ei breuddwyd hi oedd mynd i'r *Conservatoire* i astudio miwsig yn iawn. Roedd gyda Gregor gynllun, heb ddweud wrth neb, i ennill digon o gomisiwn i dalu am anfon ei chwaer i'r *Conservatoire* y flwyddyn nesaf. Roedd Gregor yn gobeithio dweud fel syrpreis ar ddiwrnod Nadolig.

Arfer used to

roedd hi'n arfer aros gyda'r ffenestr ar agor
she used to stay with the window open

roedd hi wedi arfer â bywyd hawdd
she was used to an easy life

Roedd Gregor yn arfer cysgu
Gregor used to sleep

Ups and downs

ar	on
ar ben	on top
dros	over
lan	up (S Wales)
i fyny	up (N Wales)
i lawr	down
o flaen	in front
o dan	under
tu ôl	behind
wrth	by

| dal ar ôl | still left over |
| llog | bank interest |

dyled	debt
basai	would
iddo	for him

| yn well | better |
| rhag ofn | in case |

methiant	failure
tew	fat
dioddef	suffering

| ariannol | financial |

weithiau	sometimes
llai	less
to	roof

oni bai	unless
tir	ground
llwyd	grey
gwag	empty

Ond yn yr ystafell nesaf dywedodd ei dad fod tipyn o arian y cwmni yn dal ar ôl. Doedd ei fam ddim yn deall, felly dywedodd ei dad eto ac eto. Doedd dim llawer o arian i ddechrau ond roedd wedi bod yn y banc ac wedi ennill llog da.

Roedd Gregor yn hapus iawn i glywed y newyddion yma. Meddyliodd gyda'r arian yma efallai basai'r teulu wedi talu'r ddyled i'r bos a basai siawns iddo adael ei job un diwrnod.

Ond chwarae teg i'w dad, meddyliodd Gregor, roedd wedi gwneud y peth iawn. Doedd y llog ddim yn ddigon i'r teulu dalu eu costau i gyd. Roedd hi'n well cadw'r arian yno'n saff rhag ofn.

Doedd ei dad ddim wedi gweithio ers methiant ei fusnes ac roedd wedi mynd yn dew ac yn araf. Oedd rhaid i fam Gregor ennill arian? Roedd hi'n hen ac yn dioddef o asthma – roedd hi'n arfer aros gyda'r ffenestr ar agor i gael awyr. A beth am ei chwaer? Roedd hi ond yn 17 – ond yn blentyn – roedd hi wedi arfer â bywyd hawdd, dillad da a chwarae'r fiolin, oedd hi'n gallu ennill digon o arian i'r teulu?

Pan oedd y teulu'n siarad am broblemau ariannol roedd Gregor yn gadael y drws ac yn mynd yn ôl o dan y soffa.

Weithiau roedd Gregor yn symud y gadair o flaen y ffenestr ac yn dringo i drio gweld tu allan. Ond roedd yn dechrau gweld llai a llai. Roedd yn cofio gweld to'r ysbyty ond nawr doedd hi ddim yn glir.

Oni bai bod Gregor yn gwybod ei fod yn byw yn Stryd Siarlot yng nghanol y ddinas, basai wedi meddwl ei fod yn edrych ar dir llwyd gwag.

To fetch

Dod â – *to bring*
Mynd â – *to take*

diolch i'w chwaer am bopeth roedd
hi'n ei wneud i'w helpu
*thank his sister for everything she was
(it) doing to help him*

sylwi	to notice
dod â	bring
tacluso	to tidy
petai ... ond	if only
dim byd yn bod	nothing the matter
anodd iddi aros	hard for her to stay
a'i (h)agor	and open it
fel tasai 'na	as if there were
arogl	smell
hyd yn oed	even
awyr iach	fresh air
tua	about
yn lle	rather than (+ *in place of*)
aeth	went (past tense of *mynd*)
gan gau	shutting
fel petai	as if
perygl	peril / danger
daeth	came (past tense of *dod*)
nag arfer	than usual
amlwg	obvious
treulio	to spend time
ei hun	himself
rhag ei weld	from seeing him
o gwbl	at all
bythefnos	fortnight
diog	lazy

Roedd ei chwaer yn sylwi bod y gadair wedi symud o dan y ffenestr pan roedd hi'n dod â bwyd i Gregor. Pan roedd hi'n tacluso roedd hi'n gwneud yn siŵr ei bod hi'n rhoi'r gadair yn ôl o dan y ffenestr.

Petai Gregor ond yn gallu siarad i ddiolch i'w chwaer am bopeth roedd hi'n ei wneud i'w helpu. Roedd ei chwaer yn edrych fel tasai dim byd yn bod ac yn cario ymlaen.

Ond ar ôl tipyn dechreuodd Gregor weld ei bod hi'n anodd iddi aros yn yr ystafell. Yn syth wrth ddod i mewn roedd hi'n cau'r drws fel doedd neb yn gallu gweld i mewn. Wedyn roedd hi'n mynd yn gyflym at y ffenestr a'i hagor fel tasai 'na arogl ofnadwy. Hyd yn oed os oedd hi'n oer roedd hi'n agor y ffenestr i gael awyr iach. Er bod Gregor yn trio cuddio o dan y soffa – ac roedd ei chwaer ond yn gallu gweld ei ben – roedd hi'n amhosibl iddi aros yn yr ystafell gyda'r ffenestr ar gau.

Un diwrnod, tua mis ar ôl ei newid mawr – pan oedd Gregor yn gobeithio basai ei chwaer wedi dod dros y sioc o'i weld – agorodd hi ddrws yr ystafell i ffeindio Gregor yn edrych trwy'r ffenestr yn lle o dan y soffa. Trodd hi rownd ac aeth hi i allan – gan gau'r drws yn syth fel petai hi mewn perygl.

Aeth Gregor yn ôl o dan y soffa, dim ond am hanner dydd ddaeth hi'n ôl mewn yn fwy nerfus nag arfer. Roedd hi'n amlwg ei bod hi'n ffeindio Gregor yn ofnadwy.

Felly treuliodd Gregor 4 awr yn symud y cwilt o'r gwely i'r soffa fel roedd yn gallu cuddio ei hun i gyd a sbario ei chwaer rhag ei weld o gwbl.

Am y bythefnos gyntaf, roedd ei rieni yn methu dod mewn i'r ystafell i'w weld. Clywodd Gregor nhw'n dweud sut roedden nhw'n hapus gyda gwaith ei chwaer, a'i bod hi wedi newid o fod yn ferch ddiog.

	aml	often
	tra roedd ei	while his
	ei pherswadio	persuade her
	dal ei fam yn ôl	hold his mother back
	bechod	poor thing
	er gwaethaf	despite
ddim bob dydd wrth gwrs ond bob wythnos efallai	dal yn blentyn	still a child
not every day of course but maybe every week		
	cynt	before/sooner
yn gynt nag oedd yn ei feddwl		
sooner than he thought		
	dringo	to climb
	i fyny	up
		(also *lan* in S Wales)
	nenfwd	ceiling
	hongian	hang
	sylwi	to notice
	penderfynu	to decide
	o'i ffordd	out of his way
	i'w thad	to her father
fel doedden nhw ddim yn gallu ei weld		
so that they could not see him		

Ond nawr roedd ei dad a'i fam yn aml yn sefyll ger drws yr ystafell tra roedd ei chwaer i mewn. Pan oedd hi'n mynd allan o'r ystafell eto roedd hi'n dweud sut roedd popeth yn edrych ac os oedd Gregor wedi bwyta.

Roedd ei fam eisiau mynd i mewn a gweld Gregor, ond roedd ei chwaer a'i dad yn ei pherswadio i beidio. Roedd rhaid dal ei fam yn ôl. "Dw i eisiau mynd i weld Gregor, fy mab, bechod! Dach chi'n deall, mae rhaid imi fynd i mewn?"

Roedd Gregor yn meddwl basai'n syniad da i'w fam ddod i mewn, ddim bob dydd wrth gwrs ond bob wythnos efallai. Basai hi'n deall popeth yn well wedyn, yn well na'i chwaer, oedd er gwaethaf ei gwaith da, dal yn blentyn a ddim yn deall y job anodd roedd hi'n trio'i wneud.

Ond roedd Gregor yn mynd i weld ei rieni yn gynt nag oedd yn ei feddwl.

Doedd dim llawer o le yn yr ystafell i symud rownd, a doedd bwyta ddim yn rhoi pleser iddo, felly dechreuodd ddringo i fyny ac i lawr y waliau a'r nenfwd. Roedd yn hoffi hongian o'r nenfwd yn fawr iawn.

Sylwodd ei chwaer fod Gregor yn awr yn dringo'r waliau – roedd marciau brown ble roedd Gregor wedi bod.

Penderfynodd ei chwaer basai'n help mawr i Gregor i symud popeth o'i ffordd, yn arbennig y cwpwrdd a'r ddesg. Ond doedd hi ddim yn gallu symud yr hen bethau heb help. Doedd hi ddim eisiau gofyn i'w thad felly roedd rhaid gofyn i'w mam. Roedd eu mam yn hapus iawn gyda'r syniad ond stopiodd wrth y drws. Roedd Gregor wedi mynd o dan y soffa ac wedi rhoi'r cwilt lawr fel doedden nhw ddim yn gallu ei weld. "Mam – mae'n iawn i ddod mewn – dim byd i'w weld."

	trwm	heavy
	llusgo	to drag / to crawl
	pell	far
	gwag	empty
	rhoi'r gorau	to give up
basai'n well i Gregor | anghofio | to forget |
Gregor would rather | | |

ar gyfer llusgo rownd iddi
for crawling around (it)

	cytuno	to agree
	tynnu	to pull / take out

	daeth	came (past tense of *dod*)

roedd colli'r cwpwrdd yn un peth
– ond roedd rhaid i'r ddesg aros!
losing the cupbord was one thing
– but the desk had to stay!

	arfer	used to
	i'w guddio'i hun	to hide himself
	sylwi	to notice
	llygad (llygaid)	eye (eyes)
	aeth	went (past tense of *mynd*)

Roedd y cwpwrdd yn drwm ac roedd hi'n anodd i'r ddwy ei lusgo allan. Ar ôl 15 munud o waith caled, heb symud y cwpwrdd yn bell, dywedodd ei fam basai'n well gadael y cwpwrdd ble roedd i ddechrau. Basai hi'n drist i weld y lle'n wag, ac roedd hi'n siŵr basai'n well i Gregor gael yr ystafell fel roedd o wedi arfer â hi. Hefyd roedd yn dangos doedden nhw ddim wedi rhoi'r gorau i Gregor a basai popeth yno'n iawn pan fasai wedi dod yn ôl yn normal eto. Basai yn help iddo anghofio.

Yn gwrando ar beth roedd ei fam yn ei ddweud, meddyliodd Gregor – pam oedd eisiau ystafell wag? Basai ystafell wag yn dda ar gyfer llusgo rownd iddi – ond roedd ystafell braf gyda'i hen bethau yn help i gofio ei fod yn dal yn berson, roedd ei fam yn iawn.

Ond doedd ei chwaer ddim yn cytuno – roedd hi'n meddwl ei bod hi'n gwybod beth oedd y gorau i Gregor ac roedd hi'n gweld bod Gregor angen llawer o le i symud ac roedd yr hen bethau yn ei ffordd. Roedd hi eisiau tynnu popeth o'r ystafell.

Dechreuodd y ddwy drio symud y cwpwrdd eto. I Gregor roedd colli'r cwpwrdd yn un peth – ond roedd rhaid i'r ddesg aros! Pan oedd y ddwy wedi cael y cwpwrdd allan o'r ystafell, daeth Gregor allan o dan y soffa i drio safio ei ddesg. STAND AT

Daeth ei fam yn ôl i'r ystafell yn gyntaf. Doedd hi ddim wedi arfer â sut oedd Gregor yn edrych, felly rhedodd Gregor yn ôl o dan y soffa, ond doedd dim amser i roi'r cwilt yn ôl i'w guddio'i hun i gyd. Sylwodd hi ar rywbeth o gornel ei llygad – ond aeth hi allan o'r ystafell eto heb feddwl.

Franz Kafka
Between languages

Franz Kafka grew up in Prague, now the capital of the Czech Republic but then part of the Austro-Hungarian empire.

Kafka spoke Czech and Yiddish, but he wrote all his works in German. In Kafka's Prague, German was the prestigious language of the empire and the vehicle of social mobility.

Die Verwandlung (The Metamorphosis) was first published in 1915 in Leipzig. His original German texts are noted for his use of long and complicated sentences, with carefully constructed sub-clauses that eventually lead up to the final phrase or word.

One would not consider Czech a minority language today. However Czech had been marginalised under imperial rule.

When Czechoslovakia won its independence in 1918, Czech was restored as an official language and is now used as the main official language in the Czech Republic.

Kafka was interested in Yiddish-language theatre, the early 20th century was the golden age for Yiddish theatre – especially in Eastern Europe. Later in his life he took lessons in Hebrew.

annwyl	dear
daeth	came (past tense of *dod*)
cyntaf i fyny	first up (also *lan* in S Wales)
gwasgu	to press
fel tasai dim byd yn bod	as if nothing the matter
yn erbyn	against
syrthio	to fall (also *cwympo/ disgyn*)
anymwybodol	unconscious
ysgwyd	to shake
dwrn	fist
uniongyrchol	directly
misoedd	months
wrth ochr	by the side
cyngor	advice

yn ôl at ei mam a chau'r drws gan adael Gregor yn yr ystafell ffrynt
back to her mother and close the door leaving Gregor in the front room

Roedd Gregor yn dechrau poeni am golli popeth. Roedd eisiau cadw ei bethau annwyl fel y ddesg ble roedd wedi gwneud ei waith cartref ysgol.

Felly pan oedd y merched yn yr ystafell ffrynt yn dal i drio symud y cwpwrdd daeth Gregor allan o dan y soffa yn trio meddwl beth i safio'n gyntaf. Gwelodd Gregor y ffoto o'r ferch mewn het a boa ffwr mewn ffrâm ar y wal a dringodd i fyny at y ffoto a gwasgodd ei hun yn erbyn y ffrâm. Doedd neb yn gallu cymryd y ffoto nawr meddyliodd Gregor.

Daeth y merched yn ôl i'r ystafell.

"Beth ydan ni'n ei gymryd nesaf?" dywedodd ei chwaer – yn troi rownd i weld Gregor ar y wal!

Yn trio edrych fel tasai dim byd yn bod dywedodd hi, "Maaamm – b.. be.. beth am fynd yn ôl i'r ystafell arall?"

"Ha!" meddyliodd Gregor "Dw i'n aros i safio'r ffoto".

Gwelodd ei fam rywbeth mawr brown yn erbyn blodau y papur wal. Yn sgrechian "O Dduw! O Dduw!" sylweddolodd ei bod hi'n edrych ar Gregor. Syrthiodd ar y soffa wedi pasio allan yn anymwybodol.

"Gregor!" galwodd ei chwaer, yn edrych yn gas iawn ac ysgwyd ei dwrn. Dyna oedd y tro cyntaf i'w chwaer siarad yn uniongyrchol â Gregor ers ei newid fisoedd yn ôl.

Rhedodd ei chwaer i'r ystafell arall i gael *smelling salts* i'w mam. Roedd Gregor eisiau helpu – roedd yn gallu safio'r llun rywbryd arall – rhedodd i lawr y wal ac i'r ystafell arall i fod wrth ochr ei chwaer ac i roi cyngor, fel yn yr hen ddyddiau. Ond beth oedd yn gallu gwneud?

cau	to close
a chau	– and close
gadael	to leave / allow
ar draws	across
nenfwd	ceiling

heb wybod	without knowing

Past tense of Gwneud 'to do'

wnes i	I did
wnest ti	you did
wnaeth e/o	he did
wnaeth hi	she did
wnaethon ni	we did
wnaethoch chi	you did
wnaethon nhw	they did

dianc	to escape

wnes i ddweud	I did say / I said
wnaethoch chi ddim	you did not

ofni	to fear

wnes i is often pronounced *neshi*

ymosod	to attack

gan edrych	looking
ofnus	fearfully
botymau	buttons
sgleiniog	shiny
math (y fath)	sort (the sort)

yn poeni'n fawr bod ei dad yn gallu ei frifo'n ddrwg iawn
worrying greatly that his dad was able to badly hurt him

Rhedodd ei chwaer yn ôl at ei mam a chau'r drws gan adael Gregor yn yr ystafell ffrynt. Roedd rhaid i Gregor aros yno, yn poeni am ei fam ac yn methu gwneud ddim. Dechreuodd symud rownd yr ystafell ac wedyn i fyny'r waliau ac ar draws y nenfwd. Roedd popeth yn ormod i Gregor hefyd, a syrthiodd ar ben y bwrdd yng nghanol yr ystafell.

Arhosodd Gregor yno heb wybod beth oedd wedi digwydd.

Yn sydyn, clywodd sŵn y drws ffrynt yn agor – Roedd ei dad wedi dod yn ôl.

"Beth sy wedi digwydd?" dywedodd.

"Mae mam wedi pasio allan – ond mae hi'n well nawr," dywedodd ei chwaer. "Ond mae Gregor wedi dianc".

"Jest fel roeddwn i wedi'i ofni," dywedodd Mr Samsa. "Wnes i ddweud – ond wnaethoch chi ddim gwrando".

Roedd hi'n glir i Gregor fod ei dad yn meddwl bod rhywbeth drwg iawn wedi digwydd, yn meddwl efallai ei fod wedi ymosod ar ei fam? Felly rhedodd Gregor at ddrws ei ystafell i ddangos ei fod eisiau mynd yn ôl heb broblem.

Gan edrych i fyny yn ofnus at ei dad – meddyliodd Gregor – dyna fy nhad? Yr un dyn oedd yn eistedd yn darllen y papurau? Roedd ei dad mewn iwnifform las gyda botymau sgleiniog, y fath o iwnifform mae dynion ar y drws mewn banciau'n eu gwisgo. Roedd ei dad yn edrych yn smart ac yn ffit.

enfawr	huge
brifo	to hurt
	(ei frifo – hurt him)
powlen	bowl
ffrwyth	fruit
taflu	to throw
afal	apple
taro	to hit
i ffwrdd	away
	(also *bant* in S Wales)
gan achosi	causing
braich (breichiau)	arms (arms)
pledio	to plead

I lawr ar y llawr roedd Gregor yn edrych ar draed enfawr ei dad mewn bŵts du uchel – yn poeni'n fawr bod ei dad yn gallu ei frifo'n ddrwg iawn.

Gwelodd Gregor rywbeth yn dod i lawr ac yn rolio ar y llawr wrth ei ochr. Roedd ei dad wedi mynd i'r bowlen ffrwythau ac dechreuodd daflu afalau bach at Gregor.

Tarodd afal bach coch yn erbyn Gregor – ond bownsiodd i ffwrdd, wedyn un arall heb ei frifo ond aeth un, wedi'i daflu'n galed iawn, i mewn i'w gefn gan achosi poen ofnadwy.

Agorodd y drws o'r ochr arall a rhedodd ei fam allan i freichiau ei dad yn pledio i safio bywyd Gregor.

Wnaeth neb drio tynnu		sownd	stuck
No one tried to take out / pull		poen	pain
		cyflwr	condition
		er gwaethaf	despite
		stad	state

		angen (ar)	need (on)
		amynedd	patience

		erbyn hyn	by now
fel doedd neb		tywyllwch	darkness
so that no one			

		o'r blaen	previously
		distaw/tawel	quiet
		gwnio	to sew
		a'i	and his
		Ffrangeg	French

		ystyfnig	stubborn

3

Wnaeth neb drio tynnu'r afal oedd yn sownd yn Gregor. Roedd yr afal wedi bod yno am fwy na mis ac roedd y poen yn gwneud symud yn anodd. Roedd cyflwr Gregor wedi mynd mor ddrwg roedd hyd yn oed ei dad – er gwaethaf stad ofnadwy Gregor – yn cofio ei fod yn un o'r teulu.

Roedd angen amynedd ar y teulu, llawer o amynedd.

Roedd hi nawr yn cymryd tipyn o amser i Gregor lusgo dros y llawr – roedd dringo i fyny'r waliau allan o'r cwestiwn.

Erbyn hyn roedd y teulu yn teimlo'n drist dros Gregor ac yn agor ei ddrws bob nos. Roedd Gregor yn aros yn y tywyllwch fel doedd neb ei weld ac yn edrych yn ofalus ar y teulu yn siarad rownd y bwrdd.

Doedd y teulu ddim yn siarad yn hir fel o'r blaen. Roedden nhw wedi mynd yn ddistaw iawn. Ar ôl swper roedd Mr Samsa yn mynd i gysgu mewn cadair. Roedd y merched yn gweithio'n dawel, ei fam yn gwneud gwaith gwnïo i gwmni ffasiwn, a'i chwaer wedi cael job mewn siop ac yn dysgu Ffrangeg i drio cael job well.

Weithiau roedd Mr Samsa yn deffro yn dweud, "Ti'n gwnïo eto heddiw" wrth ei fam ac wedyn yn mynd yn ôl i gysgu. Yn ystyfnig iawn, doedd Mr Samsa ddim yn tynnu ei iwnifform ar ôl y gwaith.

skivvy: a person, in the past a female servant, who did the dirty and unpleasant cleaning jobs in a house

neb gydag amser	no one had time
daeth	came (past tense of *dod*)

gemwaith	jewellery
er bod	despite that
cywilydd	shame
yn eu stopio nhw	was stopping them

dod â	take/deliver
gwnïo	to sew
egni	energy
aml	often

nos na'r dydd	day or night

teimlo'n gas	feeling angry

budur	dirty (also *brwnt* in S Wales)
llwch	dust
sylwi	to notice
dim ots	don't mind / care
amynedd	patience

Gyda'r teulu i gyd yn gweithio'n galed ac wedi blino, doedd neb gydag amser sbâr a doedd neb yn meddwl llawer am Gregor. Roedd arian yn broblem ond daeth hen wraig i weithio fel *skivvy* am dipyn bob dydd i helpu gyda'r gwaith tŷ.

Clywodd Gregor eu bod nhw'n gobeithio gwerthu gemwaith y teulu, er bod ei fam a'i chwaer yn hoffi eu gwisgo nhw'n fawr. Roedden nhw'n dweud yn aml bod y fflat yn rhy fawr ac roedd rhaid symud i rywle gyda rhent rhad – ond doedd hi ddim yn bosibl symud Gregor. Wrth gwrs basai'n hawdd iawn symud Gregor mewn bocs – eu cywilydd oedd yn eu stopio nhw.

Roedd ei dad yn dod â brecwast i bobol y banc, ei fam yn golchi a gwnïo dillad a'i chwaer mewn siop yn ateb cwsmeriaid trwy'r dydd – doedd dim egni ar ôl gyda nhw. Roedd mam a chwaer Gregor yn crio'n aml ar ôl i'w dad fynd i'r gwely.

Doedd Gregor ddim yn cysgu yn y nos na'r dydd. Roedd yn meddwl am broblemau'r teulu ac am ei hen swyddfa, y Prif Glerc, *sales reps* eraill, ei ffrindiau, y ferch yn y siop hetiau roedd wedi'i hoffi'n fawr – ble oedden nhw i'w helpu nawr?

Weithiau roedd Gregor yn teimlo'n gas am y teulu. Doedd ei chwaer ddim yn meddwl sut i'w wneud yn hapus. Roedd hi ond yn roi bwyd yn ei ystafell yn sydyn cyn mynd i'r gwaith. Ac wedyn yn dod mewn gyda brws bob nos ac yn cymryd y bwyd doedd Gregor ddim wedi'i fwyta.

Roedd yr ystafell nawr yn fudur iawn, gyda marciau brown ar y waliau a llwch dros y llawr. Doedd ei chwaer ddim yn sylwi neu doedd dim ots gyda hi. Doedd dim amynedd o gwbl gyda hi – roedd pawb yn y

METAMORFFOSIS · FRANZ KAFKA

Als Gregor Samsa eines Morgens aus unruhigen Träumen erwachte, fand er sich in seimen Bett zu einem ungeheuren Ungeziefer verwandelt.

The opening sentence of the first chapter in the original German, and how to translate what Gregor has now changed into, has been studied and debated the world over.

Many translations say that Gregor has become a bug or an insect (*pryf* in Welsh), but the German word *Ungeziefer* suggests that he might have become a 'terrible vermin'.

Ungeziefer might be translated to *ysglyfaeth* in Welsh

The book's title *Verwandlung* could be translated as *trawsnewid* (conversion), *treiglo* (mutation) or *metamorffosis* (metamorphosis).

daeth	came (past tense of *dod*)
glanhau	to clean
cas	nasty
ffraeo	to argue
beth am	how about
gwraig gref	strong woman (masculine: *cryf* / feminine: *gref*)
yn poeni dim	not worried at all
weithiau	sometimes
ysglyfaeth	disgusting thing
blino arni	tired with her
tuag ati	towards her
er ei fod	althought he
bygythiad	threat
taro	to hit (a tharo – and hit
troi	to turn

teulu'n deall – ei gwaith hi, a dim ond ei gwaith hi oedd gwneud bwyd a mynd i ystafell Gregor.

Dim ond unwaith ddaeth mam Gregor i drio glanhau ystafell Gregor, gyda llawer o fwcedi o ddŵr – roedd yr holl ddŵr yn gwneud yr ystafell yn damp ac yn gwneud Gregor yn sâl.

Pan welodd ei chwaer fod yr ystafell wedi'i glanhau roedd hi'n gas iawn gyda'i mam a dechreuodd grio. Ei job hi oedd edrych ar ôl ystafell Gregor, dim ei mam. Roedd Mr Samsa yn cymryd ochr y fam a dechreuodd ffraeo mawr.

Beth am gael y *skivvy* i lanhau'r ystafell? – meddyliodd Gregor. Roedd hi'n hen wraig gref a doedd hi'n poeni dim am weld Gregor. Bob nos roedd hi'n agor drws ei ystafell ac yn edrych i mewn.

Weithiau roedd hi'n galw Gregor 'y 'sglyfaeth bach' neu'n dweud 'edrych ar yr hen 'sglyfaeth yna'.

Un diwrnod, dechreuodd hi ddweud pethau cas wrth Gregor eto. Roedd Gregor wedi blino arni a symudodd tuag ati. Er ei fod yn araf iawn, roedd yn fath o fygythiad.

Doedd dim ofn o gwbl arni hi, cododd hi gadair a tharodd Gregor ar ei gefn.

"Ha! Yr hen 'sglyfaeth!" dywedodd.

Trodd Gregor yn ôl.

	weithiau	sometimes
	poeri	to spit

	ystafell	room
	ystafelloedd	rooms
	am fod	because of / due to
pethau doedd dim lle iddyn nhw unrhwy le arall	tri dyn ifanc	three young men
things for which there was no room anywhere else		

	barf	beard
	taclus	tidy
	nid dim ond	not only
	eu hystafell	their room

	hyd yn oed	even
	biniau ysbwriel	rubbish bins

	cyn hir	before long
	mwynhau	to enjoy
	blino	to tire
roedd Gregor yn arfer symud pethau i wneud mwy o le	llwyr	completely
Gregor used to move things to make more room		

	dim ots	don't care / doesn't matter
roedd yn aros yn y gornel fwyaf tywyll trwy'r amser	heb i'r teulu sylwi	without the family noticing
he stayed in the darkest corner all the time		

	anghofio	to forget
	gan ei adael	leaving it
	ers talwm	a long time ago

Roedd Gregor wedi stopio bwyta. Weithiau roedd yn cymryd bwyd yn y mandibl, cadw'r bwyd yno am gwpl o oriau, ac wedyn yn ei boeri allan.

Roedd y teulu wedi dechrau storio mwy o bethau yn ei ystafell, pethau doedd dim lle iddyn nhw unrhyw le arall. Roedd angen storio mwy o bethau am fod un o'r ystafelloedd eraill yn y fflat wedi cael ei rhentu i dri dyn ifanc.

Roedd barf gyda phob un o'r tri, gwelodd Gregor wrth edrych trwy grac y drws un diwrnod. Roedd y tri dyn ifanc eisiau i bopeth fod yn daclus iawn, nid dim ond eu hystafell nhw ond y fflat i gyd, yn arbennig y gegin.

Felly roedd hyd yn oed y biniau 'sbwriel yn cael eu rhoi yn ystafell Gregor ac roedd y *skivvy* yn taflu unrhyw beth sbâr i mewn hefyd.

Cyn hir roedd rhaid i Gregor lusgo ei ffordd rownd llawr o 'sbwriel. Yn y dechrau roedd Gregor yn arfer symud pethau i wneud mwy o le, ac yn mwynhau'r gwaith. Ond ar ôl tipyn roedd yn ei wneud yn drist ac yn ei flino'n llwyr.

Weithiau roedd y tri dyn yn bwyta eu swper yn yr ystafell ffrynt. Felly roedd drws Gregor yn cael ei gadw ar gau. Ond erbyn hynny doedd dim ots gyda Gregor. Heb i'r teulu sylwi, roedd yn aros yn y gornel fwyaf tywyll trwy'r amser.

Ond un noson, anghofiodd y *skivvy* gau'r drws yn iawn, gan ei adael ar agor tipyn bach pan roedd y tri dyn yn cael eu swper. Roedden nhw'n eistedd rownd y bwrdd ble, ers talwm, roedd Gregor yn eistedd gyda'i dad a'i fam gyda *serviettes* glân.

Max Brod

Max Brod, Kafka's best friend, was himself author of more than eighty books and writer of countless articles and essays, a translator, composer and music critic.

Brod had praised Kafka as "the greatest poet of our time" but Kafka was doubtful about his writing talents despite Brod's repeated attempts to reassure him.

Upon his death in 1924, Kafka made Brod the administrator of the estate, stipulating that all of his unpublished works were to be burned. Brod refused. He justified this by saying that he told Kafka he would never do such a thing and that "Franz should have appointed another executor."

Brod arranged for Kafka's novels to be posthumously published, *The Trial* in 1925, *The Castle* in 1926 and *Amerika* in 1927.

When Brod fled Prague in 1939 to escape the Nazi invasion, he took with him a suitcase of Kafka's papers, many of them unpublished notes, diaries, and sketches.

daeth	came (past tense of *dod*)
gofalus	carefully
fel petai	as if
ei brofi	to try/test it
rhyw fath	some sort
siaradwr dros	speaker for
darn	piece/bit
gwenu	to smile

daeth	came (past tense of *dod*)
gan godi ei gap	lifting his cap
parchus	respectfully

wedyn	afterwards
clywed	to hear
petaen nhw	as if they
dangos iddo	show to him
dannedd	teeth (*dant* = tooth)
nid	not

wrtho'i hun	to himself

clywed	to hear
smygu	to smoke
clywon nhw	they heard
gwrando	to listen

poeni	to worry

dim o gwbl	not at all
siaradwr y tri	speaker for the three

Daeth ei fam yn dal plât mawr o gig i'r dynion ac wedyn ei chwaer yn dal plât mawr o datws. Roedd y dynion yn edrych ar y bwyd yn ofalus iawn, fel petai eu bod am ei brofi cyn bwyta. Roedd y dyn yn y canol – yn rhyw fath o siaradwr dros y ddau arall – yn torri darnau o'r bwyd i drio gweld os oedd wedi cael ei goginio'n iawn. Yn ffodus roedd y bwyd yn ei blesio. Roedd chwaer a mam Gregor wedi bod yn edrych yn boenus. Dechreuon nhw wenu.

Roedd y teulu ei hun yn bwyta yn y gegin, ond daeth Mr Samsa i'r ystafell ffrynt gan godi ei gap a dweud 'Helo' yn barchus wrth y tri dyn cyn mynd allan eto.

Wedyn roedd y dynion yn bwyta ac yn dweud dim. Yr unig beth i'w glywed oedd sŵn bwyta. Fel petaen nhw eisiau dangos iddo fod dannedd iawn gyda nhw ac nid mandibl.

"Dw i eisiau bwyta," dywedodd Gregor wrtho'i hun yn nerfus. "Ond dim ots beth maen nhw'n bwyta. Jest... bod... maen nhw'n bwyta! ...a dw i'n marw!"

Trwy'r holl amser ers ei newid, doedd Gregor ddim yn cofio clywed sŵn fiolin ei chwaer. Ond y noson honno roedd hi'n ei chwarae yn y gegin. Roedd y tri dyn wedi gorffen eu swper ac roedden nhw'n smygu ac yn darllen. Ond pan glywon nhw sŵn y fiolin dechreuon nhw wrando'n ofalus, yn mynd at ddrws y gegin i glywed yn well.

Mae'n rhaid bod rhywun wedi clywed y dynion yn y gegin a galwodd Mr Samsa, "Ydy'r miwsig yn eich poeni chi?"

"Na dim o gwbl," dywedodd y dyn canol, siaradwr y tri, "Beth am ddod yma i chwarae inni?"

	fel petai	as if
	yntau	he as well
doedden nhw erioed wedi rhentu ystafell i neb o'r blaen a heb arfer	daeth	came (past tense of *dod*)
they had never rented a room to anyone before and were not used to it	pwyso	leaning
	tra	whilst
eu cadeiriau nhw yn eu fflat eu hunain		
their chairs in their own flat		
	rhoddodd	he put (*rhoi*)
	rheswm	reason
	budur	dirty (also *brwnt* in S Wales)
	llwch	dust
	wnaeth neb sylwi	none noticed
	diddordeb	interest
	sibrwd	to whisper
	amlwg	obvious
	disgwyl	to expect, wait
	profiadol	experienced
	chwythu	to blow
	canolbwyntio	to concentrate
	wrth ei fodd	very happy/ in his element
	ers talwm	for a long time
"Ydw i'n anifail? Os ydy'r miwsig yn gallu fy swyno?" ...fel petai y miwsig yn dangos y ffordd i'r golau.	wrtho'i hun	to himself
"Am I an animal? If the music is able to enchant me?" *...as if it was showing him the way to the light*	swyno	to enchant
	bwriadu	to intend
	diwethaf	last
	a'i gusanu	and kiss him

"Wrth gwrs, basen ni'n hapus iawn," dywedodd Mr Samsa, fel petai yntau'n chwarae'r fiolin hefyd.

Daeth tad Gregor i'r ystafell ffrynt gyda stand miwsig, ei fam gyda'r miwsig a'i chwaer gyda'r fiolin. Roedd y rhieni – doedden nhw erioed wedi rhentu ystafell i neb o'r blaen a heb arfer gwneud hynny – eisiau dangos llawer o barch tuag at y tri dyn. Felly roedden nhw'n pwyso ar y wal, tra roedd y tri dyn yn eistedd ar eu cadeiriau nhw yn eu fflat eu hunain.

Daeth Gregor yn ofalus iawn at y drws a rhoddodd ei ben i mewn i'r ystafell ffrynt heb boeni'r bobl – er roedd mwy o reswm i guddio, roedd yn fudur, gyda llwch a darnau o fwyd.

Wnaeth neb sylwi bod Gregor yno, roedd pawb yn edrych ar ei chwaer. I ddechrau roedd y tri dyn yn edrych ac yn gwrando'n ofalus, ond ar ôl tipyn dechreuon nhw golli diddordeb a sibrwd gyda'i gilydd, tra roedd Mr Samsa yn eu gwylio'n nerfus.

Mae'n amlwg bod y tri dyn wedi disgwyl clywed chwarae llawer mwy profiadol, eisteddon nhw drwy'r perfformiad yn chwythu mwg o'u sigarets. Roedd ei chwaer ond yn edrych ar y miwsig ar y stand, ei phen i'r ochr ac yn canolbwyntio'n galed.

Llusgodd Gregor ei hun i mewn i'r ystafell i weld os oedd ei chwaer yn iawn. Roedd Gregor eisiau mynd at ei chwaer i dynnu ar ei sgert i ddangos ei fod yn hoffi ei chwarae'n fawr iawn. Roedd Gregor wrth ei fodd, roedd y miwsig yn ei wneud yn hapus am y tro cyntaf ers talwm.

Meddyliodd Gregor wrtho'i hun – "Ydw i'n anifail? Os ydy'r miwsig yn gallu fy swyno?" ...fel petai y miwsig yn dangos y ffordd i'r golau.

Dechreuodd Gregor gofio, roedd eisiau talu i'w chwaer fynd i'r *Conservatoire* cyn i'r newid mawr ddigwydd. Roedd yn bwriadu dweud

Standard Welsh?

This book is designed to help learners to get used to modern, written Welsh. As you will have noticed, the difference between spoken and written Welsh is greater than in English.

Spoken Welsh Beginners' classes and apps start with informal spoken Welsh to help new learners use and understand greetings and other basic sentences on the street or in the home.

In material for new learners some words might be written as they are said in the appropriate local dialect:
Ti isio coffi? (north) / *Ti eisie coffi?* (south)
= Do y' wanna a coffee?

Modern Welsh As learners progress, the classes introduce written patterns, as you'd see used in *Golwg* magazine or on the BBC website:
Wyt ti eisiau coffi? = Do you want a coffee?

Literary Welsh Many official documents still use highly formal patterns originating in older literature and bibles:
Oes arnat eisiau goffi? = Is there want on you a coffee?

But!

Very often you'll find elements of these different standards in the same written article, book or sign as a compromise.

If you work in an office that produces bilingual documents, you may have noticed that colleagues and translators checking the Welsh text often put in far more revisions than they do in the English.

Chances are it's not due to errors. Rather each person has different ideas about which bits of which 'standard' usage might be most appropriate – trying to sound friendly and not too posh whilst still trying to be polished and precise.

gweiddi	to shout
gan bwyntio	pointing
tawelu	to quiten
rhedeg	to run
ei yrru	send him
cas	angry/nasty
eglurhad	explanation
cyn	before
amodau	conditions
iawndal	compensation
trist	sad
gwan	weak
peidio	not

wrth bawb y Nadolig diwethaf – Ie! Yr un diwethaf! Buasai ei chwaer yn crio a'i gusanu wrth glywed y newyddion bendigedig.

"Mr. Samsa!" gwaeddodd un o'r dynion mewn sioc, gan bwyntio at Gregor.

Stopiodd y fiolin.

Ceisiodd Mr Samsa dawelu'r tri dyn – er roedden nhw'n meddwl bod Gregor yn fwy diddorol na gwrando ar y fiolin. Rhedodd Mr Samsa at Gregor, breichiau allan, yn trio'i yrru yn ôl i'w ystafell.

Wrth sylweddoli bod Gregor yn byw yn y fflat, trodd y tri dyn yn gas, yn gofyn am eglurhad ac yn symud yn araf yn ôl i'w hystafell nhw.

Ond cyn i Mr Samsa gael y dynion allan o'r ystafell dywedodd y dyn yn y canol, siaradwr y tri, "Mae amodau ofnadwy yn y fflat yma a gyda'r teulu yma... 'dan ni'n gadael. Ac, wrth gwrs, dydan ni ddim yn mynd i dalu, yn wir! 'Dan ni'n mynd i ofyn ichi dalu iawndal inni!"

A dywedodd y ddau arall, "Yn wir! Rydan ni'n gadael!" cyn cau'r drws yn galed iawn.

Syrthiodd Mr Samsa i'w sedd ac eisteddodd yno mewn sioc.

Roedd Gregor yn dal yn yr ystafell, yn drist, yn wan trwy beidio bwyta ac yn methu symud – roedd yn siŵr bod pawb yn mynd i droi'n gas unrhyw foment. Wnaeth Gregor ddim sylwi ar sŵn y fiolin pan syrthiodd ar y llawr.

"Mam, Dad," dywedodd ei chwaer, yn taro ei llaw ar y bwrdd. "Dydan ni ddim yn gallu cario ymlaen fel hyn. Efallai 'dach chi ddim yn gweld

The sisters

The only person Gregor seems close to is Greta, his younger sister, who eventually evolves to be the strongest character in the story. Greta´s flowering is in stark contrast to Gregor's deterioration.

In real life, Kafka was close to his sisters, particularly the youngest Ottla. In her he had a silent ally in his conflict with his father, and someone who understood his writing and unconventional lifestyle. His three sisters, Elli, Valli and Ottla, were murdered in the Holocaust.

wedyn efallai gallwn ni ddod i ryw fath o gytundeb
then perhaps we can come to some sort of an agreement

cael gwared	to get rid
ar ei ôl	after him
anghywir	wrong
hyn i gyd	all of this
lladd	to kill
ohonoch chi	of you
distaw	quiet
petai	as if
cytundeb	agreement
anghofio	to forget
syniad	idea
mai	that is
rhy hir	too long
anifail	animal
bywydau	lives
annwyl	dear/dearly
peonydio	to torture
cymryd dros	to take over
troi	to turn
distaw	quiet/quietly
ar draws	across
cafodd	he/she had (past tense of *cael*)

– ond dw i YN! Dw i ddim eisiau galw'r peth yna fy mrawd, y cwbl dw i'n gallu dweud ydy rhaid inni gael gwared. Rydan ni wedi gwneud popeth i edrych ar ei ôl a dw i ddim yn meddwl buasai neb yn gallu dweud ein bod ni'n gwneud unrhyw beth anghywir."

"Mae hi'n iawn," dywedodd Mr Samsa yn edrych i lawr o'i gadair ar Gregor.

"Rhaid ini gael gwared," dywedodd ei chwaer. "Mae hyn i gyd yn mynd i ladd y ddau ohonoch chi. Rydan ni'n gweithio mor galed! Dim mwy!" a dechreuodd grio.

"Fy nghariad i," dywedodd Mr Samsa yn ddistaw iawn. "Ond beth ydan ni'n mynd i wneud?"

"Petai Gregor ddim ond yn gallu ein deall ni," dywedodd Mr Samsa, yn cau ei lygaid. "Wedyn efallai gallen ni ddod i ryw fath o gytundeb."

"Rhaid ini gael gwared!" gwaeddodd ei chwaer. "Dyma'r unig ffordd. Dad, rhaid iti anghofio'r syniad mai dyma Gregor. Sut mae hwn yn gallu bod yn Gregor? Rydan ni wedi credu hynny am rhy hir a dyna achos ein problemau."

"Dydy hi ddim yn bosibl i bobl fyw gydag anifail fel yna! Does dim brawd gyda ni nawr, rhaid inni gario ymlaen gyda'n bywydau a'i gofio'n annwyl. Mae'r anifail yn ein poenydio ni. Edrych – mae'r peth yn mynd i gymryd drosodd ein fflat a'n gyrru ni i fyw ar y stryd!"

Trodd Gregor i fynd yn ôl i'w ystafell yn araf iawn – ei gorff yn llawn poen. Stopiodd i edrych yn ôl ar y teulu – roedd yn edrych yn ôl yn drist, yn ddistaw ac wedi blino. Llusgodd ei hun ar draws y llawr i'w ystafell – dywedodd neb ddim byd. Wedyn cafodd y drws ei gau'n galed ar ei ôl.

cafodd y drws ei gau'n galed ar ei ôl		allwedd	key (+ *goriad* in N Wales)
the door was shut hard behind him			
		tywyllwch	darkness
		brifo	to hurt
		llai	less
		tan iddo glywed	until he heard
		taro	to strike/to hit
		golau cyntaf	first light

Kafka – a subversive thinker

A major problem confronting readers of Kafka wanting to dig deeper is to find a way through a dense thicket of interpretations.

Kafka's anti-authoritarian views and his portrayal of the innocent individual's struggle against crushing bureaucracy and the law in works like *The Trial* have been seen as describing the then emerging totalitarianism of Stalin and the Nazis. Both regimes later banned his books. Surrealists have been drawn to the irrationality of *Metamorphosis*, Existentialists to his nihilism and absurdity.

Psychologists maintain that Kafka's work can be best explained by his troubled relationship with his father.

Others point to Kafka's participation in Prague's anarchist circles and his interest in authors like Kropotkin.

suddo	to sink
anadl	breath
daeth	came (past tense of *dod*)
gweiddi	to shout
procio	to poke
marw	to die
rhedeg	to run
gan roi	giving
prociad	a poke
pa mor denau	how thin
heb	without
ers talwm	for a long time

Y chwaer oedd wedi cau'r drws, clywodd Gregor sŵn yr allwedd yn trio yn y clo. "O'r diwedd!" dywedodd hi.

"Beth nawr?" dywedodd Gregor wrtho'i hun yn y tywyllwch.

Roedd hi'n amhosib i Gregor symud. Roedd popeth yn brifo, ond – yn araf – roedd y boen yn dechrau mynd yn llai ac yn llai. Meddyliodd Gregor am ei deulu gydag emosiwn a chariad. Roedd yn cytuno gyda'i chwaer, roedd rhaid iddo adael y teulu. Meddyliodd yn ddistaw tan iddo glywed sŵn cloc y dref yn taro 3am Trwy'r ffenestr, gwelodd olau cyntaf y dydd.

Wedyn, heb eisiau, suddodd Gregor i lawr a chymryd ei anadl olaf.

Pan ddaeth y *skivvy* i'r ystafell yn y bore, edrychodd ar Gregor heb sylwi ar ddim byd. Ond wedyn triodd diclo Gregor gyda'r brwsh, wedyn ei brocio. Pan darodd hi Gregor yn galed gael heb ateb – gwaeddodd yn uchel – "Wel edrych! Wedi marw!"

Cododd Mr a Mrs Samsa o'r gwely mewn sioc a rhedodd y ddau i ystafell Gregor.

"Wedi marw?" gofynnodd Mr. Samsa.

"Ie, dyna beth ddywedais i," gan roi prociad arall gyda'r brwsh i ddangos.

"Diolch byth!" dywedodd Mrs Samsa.

Daeth Greta i edrych ar y corff, "Jest edrych pa mor denau – heb fwyta'n iawn ers talwm."

sych	dry
awel gynnes	warm breeze
mis	month
wedi'r cyfan	after all

Don't say No …or Yes

In the text opposite a question is answered with just *'Ie'*.

Welsh (like other Celtic languages) has no single word for 'Yes' or 'No' – often causing learners to get flustered when trying to quickly work out which 'Yes' or 'No' to use when a question is fired at them.

Just say *'Ie'* or *'Na'* as you might hear 'Yep' or 'Nah' in English. It's fine in informal conversations, text messages etc.

braich (breichiau)	arms (arms)

Other handy stand-ins for 'Yes' might be
Iawn!
Siŵr!
Wrth gwrs!
Pam lai (why not)
Dim problem

ewch!	go! (command)
ffraeo	to argue

and for 'No'
Dwi ddim yn meddwl (I don't think so)
Dim diolch
Dim o gwbl (not at all)

Or else you can hedge your bets
and be a bit vague with
Efallai?
Dwi ddim yn siŵr?

heb ddweud ddim	without saying anything
penderfynu	to decide
gwneud y gorau	to make the best
ymlacio	to relax
mynd am dro	go for a walk
llythyron esgus	excuse letters
daeth	came (past tense of *dod*)
prysur	busy
i'w (h)ateb	to answer her
aros	to wait

Yn wir, roedd corff Gregor yn sych ac yn fflat. Gadawodd pawb yr ystafell, y *skivvy* yn agor y ffenestr ac yn cau'r drws. Er ei bod hi'n gynnar yn y bore, daeth awel gynnes braf i'r ystafell. Roedd hi'n fis Mawrth wedi'r cyfan.

Daeth y tri dyn o'u hystafell am eu brecwast. "Ble mae ein brecwast?" gofynnodd y dyn canol, siaradwr y tri yn gas i'r *skivvy*. Agorodd hi'r drws a dangosodd gorff Gregor iddyn nhw.

Daeth Mr. Samsa gyda ei freichiau rownd Mrs Samsa a'i ferch. Roedd y tri wedi bod yn crio.

"Ewch nawr!" dywedodd Mr. Samsa wrth y tri dyn yn pwyntio at y drws.

"Beth 'dach chi'n meddwl?" gofynnodd siaradwr y tri dyn. Y ddau arall yn edrych ymlaen at weld ffraeo da.

"Dwi'n meddwl beth dywedais i," gwaeddodd Mr. Samsa.

"Iawn, 'dan ni'n mynd," atebodd mewn sioc. Cymerodd y tri dyn eu hetiau o'r stand a gadawon nhw'r fflat, yn mynd i lawr y grisiau heb ddweud ddim.

Penderfynodd y teulu Samsa wneud y gorau o'r diwrnod, i ymlacio ac i fynd am dro. Roedd angen amser i ffwrdd o'r gwaith. Eisteddon nhw rownd y bwrdd yn ysgrifennu llythyron esgus. Mr Samsa i'r banc. Mrs Samsa i'r cwmni ffasiwn a Greta i'r siop.

Daeth y *skivvy* i mewn i ddweud ei bod hi wedi gorffen ei gwaith am y bore, ond roedd y teulu yn rhy brysur yn ysgrifennu i'w hateb yn iawn.

Arhosodd y *skivvy* heb symud.

	gwên	smile
Wel, does dim rhaid ichi boeni, mae'r peth yna wedi cael ei daflu	chwerthin	to laugh
Well, you don't have to worry, that thing has been thrown out	manylion	details
	codi	to raise
	gadael	to leave
	wrth fynd	on the way
	aeth	went (past tense of *mynd*)
	ei gilydd	each other
	cusanu	to kiss
	tu allan	outside
	cyfforddus	comfortable
	dyfodol	future
Ar ôl meddwl, doedd pethau ddim yn rhy ddrwg – roedd gan y tri swyddi da a gobaith hefyd am welliant	swyddi	jobs (*swydd* = a job)
	am welliant	for improvement
	symud	move
Thinking about it, things where not that bad – the three (of them) had good jobs and chance of improvement as well	llai	smaller
	troi'n	turn (into)
	cadarnhau	to confirm
	gobeithion	hopes
	cyrraedd	to arrive
	taith	journey
	ymestyn	to stretch
	corff	body
	ifanc	young

"Wel?" dywedodd Mr. Samsa. Roedd hi'n sefyll yno gyda gwên.

"Ie," atebodd, yn chwerthin. "Wel, does dim rhaid ichi boeni, mae'r peth yna wedi cael ei daflu, mae popeth wedi ei wneud."

Roedd hi eisiau dweud y manylion i gyd ond cododd Mr. Samsa ei law a gadawodd hi'r fflat yn dweud, "Ta-ta pawb," wrth fynd.

"Heno mae hi'n cael y sac," dywedodd Mr. Samsa.

Aeth Mrs Samsa a Greta at y ffenestr, eu breichiau rownd ei gilydd.

Edrychodd Mr Samsa i fyny o'i gadair a dywedodd, "Anghofiwch am yr hen stwff 'na! Dewch yma." Ac aeth y ddwy ato a'i gusanu.

Ar ôl ysgrifennu eu llythyron esgus, gadawodd y teulu Samsa eu fflat gyda'i gilydd, rhywbeth doedden nhw ddim wedi'i wneud ers misoedd. Cymeron nhw'r tram i'r wlad tu allan i'r dref. Dim ond nhw oedd ar y tram ac roedd yn llawn haul. Eisteddon nhw'n gyffordduss a siaradon nhw am y dyfodol.

Ar ôl meddwl, doedd pethau ddim yn rhy ddrwg – roedd gan y tri swyddi da a gobaith hefyd am welliant. Y peth gorau, am nawr, wrth gwrs, ydy symud i fflat llai.

Tra roedden nhw'n siarad, meddyliodd Mr a Mrs Samsa am yr un peth – bod Greta yn troi'n ferch hyfryd. Edrychon nhw ar ei gilydd, roedd yr amser wedi dod i ffeindio dyn iddi. Fel petai hi'n cadarnhau eu gobeithion, pan gyrhaeddodd y tram ddiwedd y daith, cododd Greta yn gyntaf – yn ymestyn ei chorff ifanc.